AF464802

AZOR,

OU

LES PÉRUVIENS,

TRAGÉDIE,

EN CINQ ACTES.

Dédiée à Madame

LA MARQUISE DE ***

Par M. DE ROZOI.

A PARIS,

Chez P. LESCLAPART, Libraire, rue de la Harpe, près le College d'Harcourt.

M. DCC. LXX.

AZOR,

OU

LES PÉRUVIENS,

TRAGÉDIE,

EN CINQ ACTES.

Lûe à Madame

LA MARQUISE DE ***

par M. DE ROZOI.

A PARIS,

Chez P. [illegible], Libraire, rue de la Harpe, près le College d'Harcourt.

M. DCC. LIV.

A MADAME

LA MARQUISE DE ***

MADAME,

ME permettre de vous dédier cette Tragédie, & me défendre de joindre à cet hommage quelques détails qui justifient l'orgueil, que cette permission doit faire naître en moi, c'est m'accorder deux graces à la fois. Mon Péruvien, en paroissant sous vos auspices, acquiert des droits au préjugé le plus favorable ; & le silence que vous m'imposez sur les éloges les mieux mérités, me sauve du reproche d'être resté bien au dessous de mon sujet. On dit que, lorſque *Vénus* veut punir ſon fils ; un bouquet de roſes arme ſa main ; mais que le Dieu la déſarme bientôt, & qu'il ſe pare de ce qui devoit ſervir à ſon châtiment. La gloire nous traite de même dans la carriere des Lettres : les épines du travail nous puniſſent de notre ambition. Mais je le vois, Madame, à l'hommage que je vous rends : les fleurs font oublier les épines ; & nous ſommes plus heureux que l'amour ; puiſque ce n'eſt point ſa mere qui nous punit, & que c'eſt elle qui nous récompenſe.

Je ſuis avec un profond reſpect,

MADAME,

Votre très-humble & très-obéiſſant Serviteur,

DE ROZOI.

DISCOURS PRÉLIMINAIRE.

UN Prince vertueux dans toute l'étendue du terme, privé de sa Couronne, exilé dans un climat étranger, arraché à son Amante, à son Pere, à ses Sujets, toujours partagé entre les sacrifices qu'exigent de lui tour-à-tour sa religion, son amour, sa tendresse filiale, son attachement pour son Peuple; un Monarque puissant & victorieux, Politique délié, sourdement cruel, ingénieux à s'immoler ceux qui pouvoient lui paroître redoutables, peu scrupuleux sur les moyens, mais délicat sur les apparences, alliant le feu des passions au sang-froid de la prudence, & toute la tendresse de l'amour aux rafinemens de la vengeance; un Général valeureux, supérieur à tous les obstacles, comme à tous les dangers, conspirateur hardi autant qu'expérimenté, cruel par principes, ambitieux par caractere, dédaignant trop la vertu, pour lui accorder ces ménagemens indifférens en eux-mêmes, par lesquels on se prête aux préjugés reçus; tels sont les trois Personnages, qui contribuent à l'intérêt du Drame que je donne aujourd'hui au Public.

M. De Voltaire *en composant* Alzire *eut pour*

objet de prouver la supériorité de la Religion Chrétienne sur la Religion naturelle. Zamore *poignarde son ennemi ;* Guzman *pardonne à son assassin ; le Christianisme fait un Héros ;* Alvarez *est un des plus beaux caracteres qu'ait tracé le grand Homme, qui a tant honoré l'humanité, en la défendant, en réclamant les droits qu'elle a si souvent perdus.*

Un autre plan s'est offert à mon imagination, en concevant celui de l'Ouvrage que je rends public. Le tableau de tant de milliers d'hommes persécutés par des Conquérans farouches, qui d'une main tenoient un Crucifix, & de l'autre enfonçoient le poignard dans le sein de leurs victimes ; le contraste des mœurs des Kalnous opposé aux fureurs des Conquérans ; les devoirs des Princes Européans, la conduite, qu'il étoit de leur intérêt de tenir avec les Peuples du Nouveau Monde ; tels furent les objets qui fixerent toute mon attention ; Sujet sublime, & digne d'intéresser tous les cœurs, si j'avois réussi à développer les grandes vérités qu'il offroit.

Je *suppose qu'*Azor *Roi du Pérou a été conduit en Espagne. Pendant deux ans de captivité & de malheurs il s'instruit des mœurs de l'Europe ;*

& ce n'est qu'après l'étude qu'il a faite des Loix & des usages du nouveau climat où il vit, que je le mets en Scene avec Charles-Quint. J'ai lié au sujet principal la conjuration que trama Pizarre, pour se rendre maître du Pérou en son nom, après l'avoir conquis au nom de son Prince.

L'Art Dramatique est devenu une carriere bien difficile à parcourir depuis que tous les genres sont confondus. Plusieurs Amateurs des Ouvrages de l'Antiquité & du siecle dernier avoient prévu qu'à force d'applaudir des Drames, dont les Scenes ne seroient qu'esquissées, l'art du Dialogue, le développement des passions paroîtroient superflus pour réussir. Chaque Auteur a sa Poëtique particuliere. Le genre vraiment comique est perdu : celui même du Préjugé à la mode, a fait place au genre purement larmoyant. On pleure au Théâtre, où la gaieté Françoise s'amusoit du sel d'un Vaudeville : des Sujets qui, développés avec force, eussent produits cinq Actes pleins d'intérêt & de situations, sont réduits à quelques Scenes, qui servent à peine de canevas à la légere enluminure que leur prête la Musique. Je sais que l'on répond que tous les genres de plaisir sont précieux, & que pas un seul ne doit être exclu. Mais je demande à mon tour, si les Arts & les Lettres ne sont pas comme un arbre majestueux, aussi digne de notre reconnoissance, que de notre admiration. Eh bien! quel Cultivateur préférera de laisser épuiser une souche vigoureuse, plutôt que d'élaguer des rameaux, dont les feuilles peuvent donner un ombrage agréable, mais qui nuisent aux fruits, que des rameaux plus utiles eussent donnés? J'avouerai encore qu'il est triste d'annoncer la décadence du vrai goût. Mais que l'on doive se refuser à ce devoir, par la raison que cette vérité trop répétée peut dégrader la Nation à ses propres yeux, c'est ce que je nie. Ce que l'on doit craindre, c'est qu'elle parvienne à ne pouvoir plus rougir de ses erreurs. Quel est le meilleur Citoyen, de celui qui la rappelle à sa véritable grandeur, qui l'avertit des ressources sublimes que la nature lui a données, & de l'abus qu'elle en peut faire; ou de celui qui, en adulant ses goûts passagers, espere profiter du tourbillon de la mode, pour être élevé où il ne seroit jamais parvenu dans un temps, où le prestige de l'inconséquence n'eût point prévalu.

Quant aux unités, il paroît que l'on convient de ne les plus admettre. Quant aux passions, les personnes qui paroissent annoncer une étude plus réfléchie du cœur humain, font dépendre leur effet *d'une multitude de faits liés ensemble ; quant au style, on pense qu'un homme déchiré par des mouvemens très-violens peut débiter de superbes descriptions ; & l'on oublie que nos grands maîtres ont prescrit précisément tout le contraire.* M. De Voltaire, *qui le premier a joint la pompe du Spectacle à l'intérêt des passions, semble servir d'autorité aux nouvelles dissertations, écrites pour défendre le goût nouveau. Comment l'aveuglement peut-il aller jusqu'au point de citer l'Auteur de* Mérope *& de* Brutus, *pour appuyer ses erreurs ? Jamais ce grand homme n'a cherché la pompe théatrale, pour produire l'intérêt. Ce qui est la cause dans nos Dissertateurs modernes, ne fut toujours pour lui qu'un effet qui résulta de la grandeur du Sujet, mais qui jamais ne fut le Sujet lui-même. Quand, par exemple, il voulut peindre* Brutus, *il dessina d'après l'Histoire même de sa vie. Il ne supposa point vingt faits étrangers à sa grandeur d'ame, pour en former le tableau. Ce qui eût été une fécondité stérile, &, de plus, outrageante pour son* Héros. *Car si l'on m'annonce l'éloge d'un grand homme, & que, pour peindre son caractere, on ne me présente ses véritables actions, que comme des accessoires ; & que les grands traits soient tous d'après l'imagi-*

nation du Peintre, je me dirai nécessairement; la véritable ressemblance ne prêtoit sans doute point à l'expression du génie, à l'énergie du pinceau.

La Tragédie nationale est une mine nouvelle à fouiller; mais cette entreprise a contre elle un obstacle qui retardera sa perfection plus qu'on ne pense. Je vais le détailler. Tous les Poetes Grecs ont représenté leurs Héros tels qu'ils étoient en effet. Sakespear *a dépeint* Marguerite d'Anjou, Richard trois, *d'après leurs véritables caracteres. Jamais cette liberté Républicaine ne sera permise dans un Etat Monarchique; & sans doute avec raison. Par exemple, lorsqu'on eut annoncé que l'on alloit mettre* Bayard *sur la Scene, je cherchai quel trait de la vie de ce* Preux *Chevalier pouvoit produire de grands effets. Je conçus alors que le moment de la mort de* Bayard, *des scenes avec le Connétable de* Bourbon *pouvoient donner lieu aux plus grandes beautés dramatiques. Je vis encore, que sa générosité pour une jeune fille qu'il rendit à sa mere, que ses soins généreux pour cette Dame, qu'il sauva avec ses deux filles des malheurs que l'on éprouve dans une Ville prise d'assaut, pouvoient former l'Episode la plus intéressante, d'autant plus qu'en supposant cette jeune personne, fille ou maîtresse de quelque Prince Italien, ennemi de la France, il pouvoit en mourant avoir sauvé l'armée de son Roi, avoir donné un Allié à la France, une leçon mémorable à un héros armé contre son Prince légitime, à tous les Guerriers enfin l'exemple d'une continence égale à celle de* Scipion. *Mais auroit-on permis de peindre le Connétable de* Bourbon *tel qu'il étoit, d'entrer dans les détails des intrigues qui l'avoient forcé à être rebelle? Et cependant quelle différence d'intérêts entre l'exposé de la vie privée d'un seul homme, & le tableau majestueux de la vengeance du Connétable, de la rivalité de* Charles-Quint, *& des principes de deux grands hommes, dont l'un étoit* sans reproche, *& dont l'autre, avec l'ame la plus grande, avoit été forcé à devenir criminel. Jamais l'entrevue de* Pompée *& de* Sertorius *n'auroit pu paroître plus intéressante.*

Ainsi, par les entraves données au génie, on est forcé de s'attacher aux petits faits, au lieu de déployer toutes les richesses d'un vaste ensemble; les Sujets alors se trouvant réduits à peu de chose, on est contraint de recourir à des Episodes de pure fiction, qui offrent des personnages, dont le Romanesque se décele toujours, quelque soit l'art de l'Ecrivain.

Avant d'écrire ces courtes observations, je m'étois proposé de détailler plus encore mes idées sur les différens objets que j'ai traités; mais toute dissertation est d'autant plus délicate à écrire, que l'on est toujours soupçonné raisonner moins par amour pour l'art en lui-même, que par envie contre ceux dont on combat le sentiment. Je me garderai bien d'approfondir ces vérités utiles. Je sais trop que les plus légeres observations donnent lieu à des applications malignes, que ne nous pardonnent jamais ceux qui en sont l'objet, & que nos ennemis savent les faire naître des expressions les plus candides, pour multiplier nos adversaires.

Je me garderai bien plus encore de paroître vouloir répondre aux objections que l'on fera contre ma Piece; je me permettrai seulement quelques réflexions sur le Rôle de Charles-Quint. *Peut-être plusieurs personnes, d'après l'idee qu'elles se sont faite du génie de cet Empereur, le trouveront-ils trop inférieur à mon* Inca. *Je réponds à cela, que je l'ai représenté, non pas d'après l'impression que l'Histoire de sa vie peut avoir faite sur les autres; mais d'après celle que j'ai éprouvée moi-même. Je ne pense pas que le premier Conquérant du Monde, opposé à un homme vraiment vertueux, puiſſe ſoutenir la comparaiſon. Et peut-être ne ſeroit-il pas indifférent pour le bonheur des hommes, que l'on préſentât ainſi ſous le véritable point de vue, où l'on devroit les conſidérer, ceux qui n'ont eu d'autres droits à l'immortalité, que leur art funeſte à faire impunémeut des malheureux par goût, & par amuſement.* Charles-Quint *fut un grand Politique; je l'ai dépeint tel; mais cette définition eſt trop ſouvent ſynonime à celle de vicieux; ſa grandeur ne pouvoit être la même que celle de mon Péruvien. Je ne penſe pas d'ailleurs qu'un ſeul Français puiſſe voir ſous d'autres rapports l'ennemi qui trompa tant de fois & ſi cruellement le* loyal François premier. *Aux yeux du Philoſophe, je l'aurai peut-être trop menagé. Je ne me juſtifie point pour ceux qui réduiſent à ſa juſte valeur la grandeur véritable des Rois. Je n'ai point ajouté de notes hiſtoriques, parce que j'ai penſé que tous les événemens du ſiecle, où vivoit* Charles-Quint, *ſont ſi connus, que je ne pourrois écrire que ce que tous mes Lecteurs ſavent d'après d'excellens Hiſtoriens. La ſeule objection que l'on m'a faite, & qui m'a paru être importante, c'eſt l'amour de* Charles-Quint *pour une Péruvienne; mais tout le monde ſait que ce Prince fut ſuſceptible de cette passion, qui a paru même être plus particuliere aux hommes illustres, qu'à tous les autres.*

Rien n'étoit plus facile pour moi, que de laisser la Scene au Pérou. Un Vice-Roi eût joué le rôle de Charles-Quint, *& déployé la même Politique. A quelques Vers près, qu'il m'eût fallu supprimer, ma Tragédie n'offroit plus cet objet, qui en pourra paroître un de Critique. Mais combien la peinture des mœurs, le développement de la Politique, la grandeur d'*Azor *eussent perdu, si je n'avois opposé à mon Péruvien, qu'un homme fier d'une autorité précaire, & dont les actions & les réponses ne pouvoient être qu'une suite des ordres qu'il auroit reçus. L'amour de* Charles-Quint *donne bien plus de mouvement à l'action. D'ailleurs je l'ai motivé avec soin. Si la Tragédie développe les passions, sans instruire, elle rentre dans la classe des petites brouilleries de ménage; alors autant faire des Drames en Prose, & quitter le Cothurne. Au reste j'expose seulement mon avis, sans prétendre combattre celui de mes Lecteurs; mais je dois faire voir que je pouvois changer le lieu de la Scene, sans aucun travail, & que je n'ai pas cru devoir le faire.*

ERRATA.

JE prie mes Lecteurs de faire attention à l'Errata ; parce qu'il s'est glissé quelques fautes essentielles à corriger.

Page 17. Le Milanois, *lis.* le Milanès.

Pag. 32. *au Vers* s'apprêterent au carnage, *il faut* s'apprêtent.

Pages 38, 50, 51. *au lieu du mot de* Cufer, *lis.* Cusco; *c'est le nom d'une Ville célebre du Pérou.*

Pag. 76. Mais qui peut vivre, ici, *mettez la virgule après* ici.

Pag. 85. *au titre, ôtez le nom de* PIZARRE.

Pag. 88. Vû que le ciel, *lis.* Un que, *&c.*

Lisez par-tout Charles *sans* s, *&* François *avec un* a.

PERSONNAGES.

AZOR, Prince Péruvien, prisonnier à Madrid.

CHARLES-QUINT, Empereur & Roi d'Espagne.

ZULMIRE, Princesse Péruvienne, Amante d'Azor.

TACMA, Pere d'Azor.

PIZARRE, Conquérant du Pérou.

ZULIBEC, Péruvien, Confident d'Azor.

GUZMAN, Confident de Charles-Quint.

PÉRUVIENS.

GARDES ESPAGNOLS.

La Scene est à Madrid, dans le Palais de Charles-Quint.

AZOR,

AZOR, OU LES PÉRUVIENS, TRAGÉDIE.

Le Théatre représente dans l'enfoncement le Palais de Charles-Quint. Sur la droite on voit une Tour où sont enfermés les Prisonniers d'Etat. Sur la gauche est un Temple. La Salle du Palais, où se passe la Scene, est ornée des dépouilles des Péruviens.

ACTE PREMIER.

SCENE PREMIERE.

CHARLES-QUINT, GUSMAN.

CHARLES-QUINT.

CHER Gusman, dans mon cœur viens descendre avec moi,
Connoître Charles-Quint, & lui prouver ta foi.

Le poids de mes secrets m'accable & me fatigue
Au milieu des faveurs que le sort me prodigue.
Arbitre de vingt Rois, Maître de tant d'Etats,
Je cherche le bonheur, & ne le trouve pas.
Je languis sans espoir : une amoureuse flamme
Est-elle donc toujours un besoin pour notre ame?
Ni les pénibles soins d'une altiere grandeur,
Ni les revers du sort, ni l'excès du malheur
A ce joug importun ne nous peuvent soustraire;
Et même, à qui le porte, il semble nécessaire.

GUSMAN.

Que dites-vous, Seigneur, & quel est ce transport?
Quoi vous, qui commandez aux caprices du sort,
Cédez-vous à l'Amour?

CHARLES-QUINT.

Les Rois par la tendresse
Se consolent, Ami, de leur trompeuse yvresse.
Cet appareil si grand qu'on nomme Majesté,
Est le voile dont l'art couvre la volupté.
Depuis près de huit jours une femme inconnue,
Etrangere en ces lieux s'est offerte à ma vûe :

J'ignorois ſon pays, ſon nom & ſes projets;
Je ne connoiſſois d'elle encor que ſes attraits.
Je n'en brûlois pas moins . . . J'ai cru voir l'innocence
Sous les traits de l'Amour s'armer de la décence:
Mais ſes yeux languiſſans, embellis par les pleurs,
Semblent toujours gémir des plus cruels malheurs.
Tout autre, curieux de calmer ſes alarmes,
Eût du Bandeau royal eſſuyé tant de larmes.
La politique encor l'emporta ſur l'amour:
La nuit ſait mes ſecrets, mais je crains le grand jour.
Les yeux de l'Univers veillent ſur moi ſans ceſſe,
On nous pardonne un crime, & point une foibleſſe.
Mais je veux rompre enfin ce ſilence fatal.
Ah! ſi ſes pleurs, Ami, couloient pour un Rival.
Souvent dans ce Palais, éperdue, égarée,
Elle porte ſes pas; & ſa vue éplorée
Semble toujours chercher quelqu'objet étranger.
Mon cœur n'y ſuffit plus... Je veux l'interroger.
Pardonne . . . Trop long-temps c'eſt te dire que j'aime.

GUSMAN.

Vous le ſavez, Guſman eſt un autre vous-même,
Seigneur. Mais dans quel temps, brûlé de nouveaux feux,
Votre cœur nourrit-il un amour dangereux?
Tout s'arme contre vous : un ſi honteux délire
Va-t-il vous arracher aux ſoins de votre Empire?

CHARLES-QUINT.

Oui, l'homme eſt foible, Ami; mais l'ame du Héros
Sait être indépendante & des biens & des maux :
La mienne, trop ſouvent maîtreſſe d'elle-même,
Flatte ceux qu'elle hait, & punit ceux qu'elle aime.
Eh! Que penſerois-tu, ſi ces tranſports ſecrets,
Que tu condamnes tant, ſecondoient mes projets?
Si de mes feux enfin mon adroite prudence
A Pizarre lui-même avoit fait confidence?
Ce diſcours te ſurprends; je vais te l'expliquer.
J'ai pénétré Pizarre; il ſonge à m'attaquer.
Conquérant du Pérou, fier, prudent, intrépide;
Il joint à ſes vertus les vices d'un perfide.
Je l'obſerve en ſecret. Des replis de ſon cœur
Mon œil, depuis long-temps, ſonde la profondeur.

Mais l'inſtant eſt venu. Ma crédulité même
Me devient contre lui mon plus ſûr ſtratagême.
C'eſt un monſtre affamé, qui veut tout engloutir;
Pour le mieux terraſſer, il le faut endormir.
Plus il croira mon cœur occupé de ſa flamme,
Moins il ſe défiera des forces de mon ame.
Il m'a fait demander un entretien ſecret:
Sans doute il a conçu quelque nouveau projet;
Mais je veux lentement conſommer mon ouvrage:
Sur ſa fauſſe candeur je jugerai ſa rage;
Je ſais, quoiqu'il me puiſſe aujourd'hui propoſer,
Et ce que j'en dois croire, & ce qu'il peut oſer.

GUSMAN.

Mais connoiſſant ſon ame en ruſes trop féconde,
Comment lui livrez-vous, Seigneur, un autre Monde?
Contre l'ambition d'un Sujet dangereux,
Qui peut vous raſſurer?

CHARLES-QUINT.

Un autre ambitieux.
Tu connois Dom Juan. Pizarre en ſon abſence
L'a chargé d'affermir ſa nouvelle puiſſance.

Le traître ne ſait pas que j'ai ſu contre lui
Tourner tous ſes projets, & juſquà ſon ami.
Ses ſecrets révélés trahiront ſon audace :
Qu'auroit pu l'amitié ?...Je promettois ſa place.
Ce Confident ſi cher devenu ſon rival,
De tous ſes ennemis ſera le plus fatal.
C'eſt ainſi qu'à ſon gré ma prudence ſe joue
Des aveugles mortels, qu'après je déſavoue.
Mais toi, qui méritas de ſonder avec moi
Ce cœur impénétrable à tout autre qu'à toi,
Guſman, ſuis tous ſes pas. Ma longue expé-
rience
M'apprit, qu'indifférente & foible en apparence,
Plus d'une cauſe enfin a produit quelquefois
Les déſaſtres du Monde, & la honte des Rois.
Mais il vient : Laiſſe-nous... Si, bravé par le
traître,
Je ne m'en venge pas, j'ai mérité de l'être.

Guſman ſort.

SCENE II.

CHARLES-QUINT, PIZARRE.

CHARLES-QUINT.

PIZARRE, quel bonheur, quel plaiſir pour un Roi
De choiſir un Miniſtre, un Ami tel que toi!
Politique éclairé, Guerrier infatigable,
Tu joins à tant de gloire une ame irréprochable.
Parle, quel grand objet intéreſſe ton cœur?
Quel danger, quel exploit réveille ta valeur?

PIZARRE.

Vantez moins mes travaux, vous devez me connoître,
Seigneur; tout dans mes vœux ſe rapporte à mon Maître.
J'ai conquis le Pérou: mais les Peuples vaincus
Oppoſent à nos loix leurs mœurs & leurs vertus.
C'eſt peu de vaincre; il faut aſſurer ſes conquêtes,
Accoutumer au joug de ſi ſuperbes têtes;

Mais pour y parvenir, qu'avez-vous résolu,
Seigneur ? Et ce projet, que vous aviez conçu,
L'exécuterez-vous ? Déja le temps nous presse :
Tout délai paroîtroit imprudence ou foiblesse.

CHARLES-QUINT.

Tout est prévu, Pizarre ; un second Univers
Donne l'exemple au nôtre, en recevant mes fers.
Le Monde & mon pouvoir étendent leurs limites :
Mais de tant de succès j'ai combiné les suites.
Le Pérou par toi seul est soumis à mes Loix :
Azor, le fier Azor, le plus grand de ses Rois,
Esclave dans ces lieux, & paré d'un vain titre,
Voit en moi de ses jours & le maître & l'arbitre.
Mais il peut m'être utile. Il osa me braver ;
Et, pour mieux l'en punir, je le veux conserver.
Ta fidelle amitié, dont je puis tout attendre,
M'a promis qu'en ce jour Azor seroit ton gendre.
Consommons ce projet ; appui de ma grandeur,
Ami, conçois-tu bien quelle est sa profondeur ?
Combien cet heureux jour importe à ma puissance !
Un sentiment plus cher hâte encor ma vengeance.
Cette beauté touchante . . . . .

PIZARRE.

Eh quoi! Toujours, Seigneur,
Cette femme inconnue occupe votre cœur ?
Et que diroient les Rois jaloux de votre gloire,
S'ils ſavoient qu'une femme aſſurant ſa victoire,
A vengé leur défaite, & ſoumis à ſes loix
Le Maître de l'Europe & le vainqueur des Rois?

CHARLES-QUINT.

Applaudis-moi plutôt d'une ſi juſte flamme :
Ma gloire même ajoute au bonheur de mon ame.
Fille du plus puiſſant, du dernier des Incas,
Cette Etrangere unit la nobleſſe aux appas.
Je prétends par l'hymen couronner ma tendreſſe,
Et devoir quelque jour ma force à ma foibleſſe.
Je vois de mes ſuccès le Muſulman gémir,
Le Germain s'étonner, & le François frémir,
Si les Rois, mes rivaux jaloux de ma puiſſance,
Arment pour me ravir les fruits de ta vaillance,
La politique alors autoriſe mes feux,
J'oppoſe à leurs deſſeins le plus ſacré des nœuds :
Zulmire étant Princeſſe, & deſtinée au trône,
Me donne en m'épouſant des droits à ſa couronne :
Le nom d'Epoux détruit celui d'Uſurpateur,
Et l'Amour par l'hymen aſſure ma grandeur.

Azor lui-même alors paroîtra te défendre,
Soutenir par devoir le titre de ton gendre :
Devenu le premier de mes nouveaux Sujets,
Son bras secondera ma gloire & mes projets.

PIZARRE.

Mais, Seigneur, s'il résiste ?

CHARLES-QUINT.

A sa fiere arrogance
J'opposerai les nœuds d'une sainte alliance,
Et la Religion, ce prétexte des Rois.
Il m'a dans mes projets servi plus d'une fois.
Cet hymen pour Azor m'offre une double chaîne:
Chrétien, de tout son Peuple il s'attire la haine,
Si fidele à sa foi, fidele à ses aïeux,
Il ne veut abjurer ni sa Loi, ni ses Dieux ;
Tu connois comme moi ces cruels Cénobites,
Enfans du fanatisme, habiles hypocrites,
Dont l'art est de placer leur tribunal affreux
Entre le trône auguste & des Rois & des Dieux.
Je puis livrer Azor à leurs mains homicides.
Ces tigres de carnage & de larmes avides,
Intéressant Dieu même à leurs saintes fureurs,
Des noms les plus sacrés appellant tant d'horreurs ;

Prenant enfin ſur eux tout l'odieux du crime,
Diront venger le Ciel en frappant ma victime.

PIZARRE.

Seigneur, le fier Azor vous eſt donc peu connu;
Il vit par grandeur d'ame, il mourra par vertu.
Qu'importe à nos deſſeins qu'un trépas inutile
Nous venge des diſcours d'un Captif indocile.
Il faut à nos deſirs apprendre à le plier;
L'aveugler, le ſéduire au point de s'oublier,
L'oppoſer à lui-même.

CHARLES-QUINT.

Eh bien! je le puis faire.
Dans les fers en ces lieux ne tiens-je pas ſon Pere?
Le Fils au moins en lui tremblera pour des jours,
Dont il pourra trancher ou conſerver le cours:
La nature en ce jour me prêtera ſes armes;
J'ouvrirai, malgré lui, la ſource de ſes larmes.

PIZARRE.

Seigneur, de ce moyen le ſuccès eſt douteux.
Au lieu d'un ennemi vous en combattrez deux.
Les principes du Fils affermis par le Pere,
Ne vous oppoſeront qu'une ame plus altiere.
Attaquons mieux Azor. Si ce farouche orgueil,
Qui voit les fers, la gloire & la mort du même œil,

Refusoit de souscrir à votre Loi suprême,
Peut-être, en paroissant adopter son systême,
Sur ses vrais intérêts son cœur s'abuseroit;
En croyant vous trahir, lui-même se perdroit.
Permettez qu'en ce jour, pour mieux servir mon Maître,
Je prenne le langage & le rolle d'un traître.
Je paroîtrai vouloir lui servir de vengeur,
Desirer partager son trône & sa grandeur:
Il ne verra dans moi qu'un ami trop fidele.
Criminel par devoir, & par vertu rebelle.
Sans servir vos projets, sa mort vous vengeroit:
Mais ici pas à pas ma main l'entraîneroit
De malheur en malheur, & d'abyme en abyme;
Chaque serment seroit un coup pour la victime...

(*Du ton le plus affectueux.*)

Je ne vanterai point l'effort qu'aura coûté
Un rolle si contraire à ma fidélité;
En parlant contre vous à ce Captif farouche,
Mon cœur à chaque mot désavouera ma bouche.

CHARLES-QUINT, *avec une douceur contrainte.*

Pizarre, ton discours répand sur mes esprits
Un jour qui les éclaire, & dont je sens le prix:
Je veux interroger ce mortel trop sauvage,
Lui parler de son Pere, ébranler son courage.

Mais ſur-tout ne vas point t'expliquer avant
moi.
Je prétends le laiſſer ſeul à ſeul avec toi.
Qu'on me l'amene.

Pizarre ſort.

SCENE III.

CHARLES-QUINT *ſeul.*

O Sort, à mes vœux favorable,
Ce Pizarre aujourd'hui deviendroit-il coupable?
Ebloui de l'éclat de ſon projet nouveau,
Le crime auroit-il mis ſur ſes yeux ſon bandeau?
Ah! je le haïrois de me reſter fidele.
Quel plaiſir! Qu'il m'eſt cher, s'il peut être un
rebelle.
Je pourrai donc enfin t'écraſer aujourd'hui!
Tes ſervices paſſés cedent à celui-ci.
Sa ruine pour moi vaut plus qu'une victoire.
Son orgueil en ſecret penſe effacer ma gloire.
Mais depuis trop long-temps la fortune lui rit;
Sachons feindre, & bientôt l'ingrat tombe &
périt.

(*Azor paroît, conduit par Pizarre, & ſuivi de Soldats.*)

Il vient. Comme l'eſpoir ſur ſon front ſe déploie!
Il me trahit : cachons & ma haine & ma joie.

SCENE IV.

CHARLES-QUINT, AZOR, PIZARRE, GARDES.

CHARLES-QUINT.

ENFIN je veux te rendre, Azor, la liberté :
Pour tes Concitoyens plus de captivité ;
Cede ; tout dans ces lieux tremble ſous ma puiſſance.

AZOR.

Arrête ; tout n'eſt pas ſous ton obéiſſance :
Les deux Mondes vaincus peuvent trembler ſous toi ;
Un ſeul homme te brave.

CHARLES-QUINT.

Et cet homme ?

AZOR.

C'eſt moi.

CHARLES-QUINT.

Dans ma Cour !

AZOR.

La grandeur n'absout point un perfide.
Qui de nous doit trembler, si le crime est timide?
Ne te souvient-il plus, ennemi trop fatal,
Que dans Azor tu vois un homme, & ton égal?

CHARLES-QUINT.

Esclave audacieux !

AZOR.

Qui, moi ! .... Moi, qui te brave.
Où le crime n'est pas, il n'est jamais d'Esclave.
Cesse de m'outrager, cherche un ami dans moi;
Parle, mais parle en homme, & je t'écoute en Roi.

CHARLES-QUINT.

Quoique rebelle, Azor, ta fierté m'intéresse;
Je te plains, je veux même appuyer ta foiblesse.
Le sort t'a tout ravi.

AZOR.

M'a-t-il ravi l'honneur?
Le sceptre fait le Roi, la vertu la grandeur.
Le sort dans sa fureur choisit mal sa victime;
Mon innocence augmente & répare son crime:

Par toi, sans m'effrayer, il a pu m'écraser.
Tu me plains! Réfléchis; me plaindre.... est t'accuser.

CHARLES-QUINT.

Va: mon nom, ma grandeur, mon rang me justifie.

AZOR.

Ta grandeur! Nomme-t-on ainsi la tyrannie?
Depuis deux ans entiers que durent mes malheurs,
Pour pouvoir m'expliquer vos forfaits & vos mœurs;
J'étudie avec soin ces fastes de l'histoire
Que l'orgueil parmi vous consacre à votre gloire.
Je n'y vois que forfaits, que meurtres, que combats;
Le crime vous rassemble, il germe sous vos pas.
Pour moi tout dans vos Loix est une énigme obscure,
Par-tout vous remplacez par l'homme la Nature.
Où donc est ta grandeur?

CHARLES-QUINT.

Dans moi.... De nos climats
Puisque tu sais les Loix & connois les Etats,

Nous

Nous sommes seuls, écoute : & qu'un récit sincere
Te soumette à mes vœux, te convainque & t'éclaire ;
Sur toi les préjugés ont acquis trop de droits,
Mon cœur les abandonne au vulgaire des Rois.
Me voudrois-je soumettre à ces Loix chimériques
Que l'ignorance oppose à l'Art des politiques ?
Ces Loix ont à mes coups livré François Premier.
Le Prince en lui suit trop la foi du Chevalier.
S'il m'avoit imité, des chaînes de Pavie
Il auroit pu sur moi venger l'ignominie ;
Il eût, en me donnant ses Etats pour prison,
Fixé le Milanois pour prix de ma rançon :
Ma politique enfin me soumettra l'Europe,
Sous mille heureux replis mon ame s'enveloppe.
J'ai su contre la France armer même un Bourbon,
Plus d'un Prince me vend & son bras & son nom.
Ce chef des Protestans qui brave ma justice,
Le Duc de Saxe enfin va marcher au supplice :
Je redoute sa secte, & je l'écrase ici ;
Je la soutiens en France où me sert son parti.
Je forge chaque jour les chaînes de l'Empire,
Et l'Univers tremblant se tait, rampe & m'admire.

Mon art confond les droits de la terre & du ciel :
Du Pontife & du Roi, du Trône & de l'Autel.
Ce Prêtre, qui dans Rome en proie à mille alarmes,
Oppose l'encensoir aux succès de nos armes,
S'est démis sous mes coups de son foudre impuissant :
J'ai tenu dans mes fers ce Lion rugissant.
Mais pour tromper un Peuple esclave de l'exemple,
Par mes ordres l'encens fumoit dans chaque Temple ;
Et le vulgaire a cru que le Ciel briseroit
Ces fers, que ma main seule en secret resserroit.
Ces préjugés servils, que mon ame dédaigne,
Je ne les foule aux pieds que parceque je regne.
L'homme doit sur son rang toujours régler son cœur.
Ta vertu prétendue, Azor, fait ta grandeur ;
Quelle grandeur, hélas ! Quand sa triste impuissance
Te soumet à la mort, aux fers, à l'indigence.
Moins de foibles remords ; plus de pouvoir sur tout ;
On n'est point criminel quand le succès absout.

Un Captif pour ressource a des vertus stériles ;
Un Roi n'en doit jamais admettre que d'utiles.

AZOR.

De tes brillans exploits voilà donc le secret !
Comment l'homme peut-il admirer ce qu'il hait?
Je n'échangerois pas mes fers contre ta pompe :
Mon cœur seul juge bien, & l'Univers se trompe.
Mais tu prétends, dis-tu, rendre heureux mes
Sujets :
Parle ; à ce prix je puis écouter tes projets.
Que me proposes-tu ?

CHARLES-QUINT.

La Fille de Pizarre,
Et ma Religion, dont ta Loi nous sépare.
Ton cœur pourroit il croire à ces Idoles vains,
Qu'après les avoir faits, adorent les humains ?
Brûles-tu ton encens pour un buste d'argile,
Que de fragiles mains ont dû faire fragile ?
Cet astre dont le cours & les puissans rayons
Fécondent la nature & fixent les saisons
Cet astre est-il ton Dieu ?

AZOR.

Ce seul doute m'outrage.
J'adore l'Ouvrier, & mon Peuple l'ouvrage.

Quand on ſait être juſte, on eſt aſſez ſavant.
Le tien ſait davantage, eſt-il plus innocent ?
L'intérêt fait vos Loix, l'équité fit les nôtres :
Si j'ai mes préjugés, n'avez-vous pas les vôtres?
Quant à l'Hymen, mon cœur ne peut plus s'engager.
J'aime, & rien ne pourra me contraindre à changer.
On m'a ravi l'objet de ma flamme immortelle :
Zulmire étoit ſon nom, je lui mourrai fidele.

CHARLES-QUINT.

Tu me refuſerois ! Ignores-tu mes droits ?
Oſerois-tu ? ....

AZOR.

Toujours j'oſe ce que je dois.
Quand on n'eſt point ſincere ou vertueux par feinte,
On n'eſt jamais parjure ou criminel par crainte.
La force t'a donné des droits ſur mes Etats,
Si l'on peut nommer droits le hazard des combats.
Mais qui t'en a donné contre mon innocence,
Chrétien ? Eſt-ce ta Loi ? Veut-elle la vengeance ?
Permet-elle la rage à ton ambition ? .....
J'en accuſe ton cœur, non ta Religion.

PIZARRE.

Ainsi votre clémence enhardit sa foiblesse,
Seigneur ; vos bienfaits même irritent sa rudesse;
Cessez de l'épargner, avez-vous oublié
Comme l'on dédaigna jusqu'à votre amitié,
Comme l'orgueil joignit le dédain à l'outrage ?
Quand hier ce Captif dont la constance & l'âge
Avoit touché ce cœur trop prompt à s'attendrir,
En vous intéressant crut avoir à rougir ;
Il demandoit la mort, & s'oubliant lui-même,
Il n'imploroit les Dieux que pour un fils qu'il aime.

AZOR.

Ciel ! Qu'entends-je ? Un vieillard séparé de son fils !
Il veut mourir ..... Quel trouble en mes sens attendris !
Le vulgaire n'a point ce sacré caractere.
Tu m'en a dit assez .... Ce héros .... C'est mon pere.
Oui je le reconnois à sa noble candeur.
Lui seul a pu braver ta haine & ta grandeur.
Peut-être ce vieillard touche à sa derniere heure :
C'est dans les bras d'un fils qu'il faut qu'un pere meure.

Ma bouche en réchauffant son sein glacé, mourant,
Ranimera peut-être un souffle encore errant.....
Tu te tais, tu jouis de mes douleurs mortelles :
Ainsi que tes fureurs, tes bontés sont cruelles.
Respecte sa vertu, je te pardonne tout :
Dans moi, le Roi te hait ; le fils t'aime & t'absout.

CHARLES-QUINT.

Tu ne t'es point trompé ; crains pour lui son audace,
Tu le verras : fais plus, obtiens pour lui sa grace.
Qu'il soit seul avec toi complice de son sort :
Voit d'un côté l'Autel, & de l'autre sa mort.
C'est à toi qu'en ce jour je remets ma vengeance;
Sa tête répondra de ton obéissance.
Bien plus, douze vaisseaux chargés de prisonniers,
Ont conduit dans nos ports vos rebelles guerriers.
Ils arrivent ici mourans chargés de chaînes,
Tu peux briser leurs fers & soulager leurs peines.
Tu m'entends : je te laisse, & Pizarre avec toi ;
Respecte ses conseils, il peut tout sur son Roi.

Il sort.

SCENE V.

AZOR, PIZARRE.

AZOR.

AINSI vous unissez la fureur à la ruse !
Cruel, tu vois mon trouble, & ta rage en abuse:
Mon pere est dans ces lieux ; parle, quel est son sort ?
Quel ordre as-tu reçu ? Lui donne-t-on la mort?

PIZARRE.

Seigneur, connoissez mieux mon dévouement sincere :
Je sais trop respecter l'auguste caractere,
Que dans vous le malheur reçoit de la vertu.
Vous pouvez remonter sur ce trône abattu .....

AZOR.

Dieux ! Quel est le dessein de ta bonté ? Barbare,
Je crains moins tes forfaits : va, soit toujours Pizarre.

PIZARRE.

Prince, je n'ai jamais approuvé les fureurs

Qu'ont exercé ſur vous vos barbares vainqueurs.
Il eſt vrai, j'ai ſervi leur deſſein ſanguinaire,
Mais ces crimes, Seigneur, furent ceux de la guerre :
La rage du ſoldat méconnoît tout pouvoir ;
La Loi des Conquérans eſt de n'en point avoir.

A Z O R.

Les Conquérans, dis-tu ? Qui te forçoit à l'être?

P I Z A R R E.

Mon Roi.

A Z O R.

Notre devoir eſt notre premier maître.
Pour illuſtrer ton Roi falloit-il te flétrir ?
Mais quand l'intérêt parle, il eſt doux d'obéir ;
Ceſſe. L'ambition eſt ou vice ou foibleſſe,
L'homme doit en avoir ; mais mentir eſt baſſeſſe.
Ces crimes ſont les tiens : pouvant les condamner,
Tu les récompenſois, c'étoit les ordonner.
Acheve.

P I Z A R R E.

En ce moment tout s'arme, tout conſpire,
Le Démon des combats va diviſer l'Empire.
Mais trop de fois ce fer a brillé dans nos rangs,

Il naît beaucoup de Rois & peu de Conquérans.
Charles sans moi bientôt défendra sa Couronne:
A lui-même en ce jour ma valeur l'abandonne.
Peut-être ai-je trop fait en servant cet Etat ;
Et son cœur me doit trop pour n'être pas ingrat.
La prudence en ce jour enchaîne mon courage:
Je me trompe, ou le sort lui réserve un outrage;
Alors je le verrai, devenu mon sujet,
D'une lente vengeance implorer le bienfait.
L'art de laisser les Rois mendier nos services,
Leur montre leurs besoins, & fixe leurs caprices.
Mais un dessein plus grand, plus digne de mes
 vœux,
Eleve en l'occupant mon cœur ambitieux.
Charles en secret me craint: l'éclat de ma fortune,
Blesse ses yeux jaloux, l'attriste & l'importune.
Mais si son vain orgueil gémit de ma grandeur,
Le seul nom de sujet indigne ma valeur.
Eclatons : le héros doit l'emporter sur l'homme;
Est-il plus Roi que moi, qui conquis un
 Royaume ?
Qui sut le conquérir, saura le conserver :
Que ce Rival, s'il l'ose, y vienne me braver.
Je saurai lui prouver que la toute-puissance
Est due à la valeur autant qu'à la naissance....

J'ai des secours encor que je n'explique pas.
Secondez mes projets, osez suivre mes pas :
Oui, Seigneur, agréez le titre de mon Gendre.
J'aurois alors un fils, une fille à défendre :
Et les augustes nœuds qui nous réuniroient,
Appuyeroient ma révolte, & la consacreroient.
Vice-Roi du Pérou, dictant la Loi suprême,
J'aurois sans le porter les droits du Diadême.
Mais le Ciel au Pérou doit un Roi vertueux.
Charles plus méprisé s'il étoit moins heureux,
A nos plus fermes mains remettant son tonnerre;
Grand, par nos seuls travaux, sait éblouir la
terre.
J'ai pu vaincre pour lui, je peux régner pour moi,
Pour vous, dont le bonheur sera ma seule loi ;
Unis par nos desseins, égaux par la Couronne,
A deux Princes amis il suffira d'un Trône.

AZOR.

Voilà donc ce dessein dicté par l'amitié ?
Que tu déguises bien ta funeste pitié !
Servile Européan, que sert de te contraindre ?
Chez vous l'art de parler n'est donc que l'art de
feindre.
Tu veux que contre moi je te prête mon nom,

Que je ſerve d'excuſe à ton ambition.
La droiture a toujours fait toutes mes délices,
Par d'obſcures vertus je fuis d'illuſtres vices.
Je ne me croyois Roi qu'en faiſant des heureux,
Je ne le pourrois plus, le Trône m'eſt affreux.
Tu formerois mon Peuple à ces arts homicides,
Qui ſans les rendre heureux, rendent les cœurs perfides :
Il ſeroit criminel, j'aurois à le punir ;
Et je ne veux toujours avoir qu'à le chérir.
Me ſerois-tu fidele ? . . . .

PIZARRE.

Oui, je jure de l'être.
Eprouvez . . . .

AZOR.

Toi fidele ? Et tu trahis ton Maître ?
Né ſimple Citoyen tu veux tromper ton Roi,
Sur le Trône aurois-tu du reſpect pour ta Loi ?
Que coûte un ſecond crime à ces ames perfides
Que le premier à peine a pu trouver timides ?
Ceſſe de m'éclairer ſur un vil intérêt,
Je ne te promets point de garder ton ſecret.
Mérite cette grace, apprens à me connoître :
Si ton Maître eſt cruel faut il que je ſois traître ?

Par ses propres leçons le Ciel sait le punir :
Lui-même, en trahissant, t'apprend à le trahir.
Plains-toi de ma fierté ; mais l'honneur est sincere.
Ma gloire, mon devoir . . . . .

PIZARRE.

Est de sauver ton pere.
Ce n'est plus à mon gendre à qui je vais parler,
C'est au foible captif que je puis accabler.
Je tiens entre mes mains le destin de sa vie :
Ta fierté trop long-tems est restée impunie ;
Ou ma fille, en ce jour, avec toi va s'unir,
Ou sur un échafaut ton pere va mourir.
Choisis.

AZOR.

Monstre odieux ! Voilà ton caractere.
La force est des tyrans la ressource ordinaire.
Ainsi pour te fléchir ma bouche dicteroit
Des sermens, qu'en secret mon cœur désavoueroit !
Est-ce au pied des Autels, que chez vous l'imposture
Brave plus hardiment les Dieux par le parjure?
Ah ! Vous m'en puniriez, cher Auteur de mes jours :

Mourons ; c'est de la mort que j'attens du secours.

PIZARRE.

Je t'entens, viens, suis moi, viens voir tomber sa tête ;
Tu la proscris : viens donc.

AZOR.

Arrête, monstre, arrête.
Quel spectacle d'horreur se présente à mes yeux?
Bourreaux, que faites-vous ? C'est le pur sang des Dieux.
Déja le fer se leve : arrêtez, sanguinaires.
Le malheur rend souvent les crimes nécessaires.
Tu m'ordonnes l'hymen, c'en est fait, inhumain,
Mes Dieux auront ma foi, ta fille aura ma main.

PIZARRE.

Tu promets : dans l'instant la pompe sera prête,
Et je vais à ce temple en ordonner la Fête.

SCENE VI.

AZOR *seul.*

QUELLE fête ! grands Dieux ! quelle funeste horreur !

L'hymen est-il ici le Dieu de la fureur ?
Mon ame se flétrit, & ma douleur l'emporte.
Il est donc des momens, où l'ame la plus forte
Succombe sous l'effort d'avoir trop combattu ;
Et tout lui manque alors jusques à sa vertu.
Moi, succomber ! Après avoir vengé mon pere,
De ma Religion victime volontaire
Je veux mourir ; content de pouvoir en ce jour
Servir au moins mes Dieux, si je trahis l'amour,
Mais que vois-je ?

SCENE VII.

AZOR, ZULIBEC.

ZULIBEC.

C'Est lui.

AZOR.

Dieux ! Quelle douce joie
Se mêle au désespoir où mon ame est en proie !
Zulibec ! ....

ZULIBEC *à genoux.*

O mon maître !

AZOR *en le relevant.*

Epargne moi ce nom :
Souvenir trop affreux! .... Triste comparaison!
Sur tous les cœurs le mien régnoit par la clémence :
Nomme moi ton ami .... Tu me rens ma puissance.

ZULIBEC.

Ami, puisque ce nom est cher à votre cœur,
Le Ciel a donc laissé désarmer sa rigueur ?
On dit que libre enfin, l'hymen qui vous console,
Vous donne pour épouse une jeune Espagnole ;
Et que Charles fléchi ne vous laisse en ce jour
D'autres fers à porter que ceux d'un tendre amour.
Dès le moment heureux où Pizarre plus juste
En a reçu, Seigneur, votre parole auguste,
On a brisé nos fers ..... Déja tous vos sujets
Versent des pleurs de joie au seul nom de la paix.

AZOR.

Ils sont heureux, dis-tu !... Puissent-ils toujours l'être !
Et toujours ignorer ce que souffre leur maître !

ZULIBEC.

Que dites-vous ?

AZOR.

Qu'un Peuple aveugle & malheureux
Par un frivole eſpoir laiſſe éblouir ſes yeux,
Je n'en ſuis point ſurpris ; mais toi, que mon cœur aime,
Qui toujours dans mon ame a lu comme moi-même ;
Comment as-tu penſé qu'un coupable plaiſir
Aux Loix d'une Eſpagnole ici pût m'aſſervir ?
Trahirois-je à ce point ma gloire & mon Empire?
As-tu donc oublié juſqu'au nom de Zulmire ?
Mais l'oublierois-je moi, ce jour, cet heureux jour,
Où l'hymen empruntoit les flambeaux de l'amour?
Cher ami, quelle fête ! .... Accoutumés à l'être,
Les Dieux ſont moins heureux .... Zulmire alloit paroître.
Tout à coup mille cris m'annoncent des Couriers
Témoins des attentats de ces avanturiers.
Pour la premiere fois mon cœur connut la rage:
Mes mains, non ſans horreur, s'apprêterent au carnage :

De

De tous côtés je vois la mort & nos Tyrans ....
Nature, à ces forfaits connois-tu tes enfans?
Je crie à mes Sujets que mon danger rassemble:
Avec moi vous régniez, amis; mourons ensemble;
Chacun auprès de moi combat, meurt en héros.
Quand je vois un Vieillard traîné vers leurs vaisseaux:
Ses cris troublent mon ame .... O Peuple sanguinaire,
Mon cœur me le nommoit; frémis ..... C'étoit mon pere:
La nature & l'amour s'armerent avec moi,
Je combatis en fils; l'amant vengeoit le Roi.
Oui, je le délivrois: & déja la victoire
Rassuroit mon bonheur, ma tendresse, & ma gloire.
Lorsqu'ils font avancer ces vastes corps d'airain,
Qui vomissent des feux & la mort de leur sein;
Déja sur mes Soldats, tonnant avec furie,
D'un seul coup mille fois la mort se multiplie.
Barbare invention! Le plus grand des fléaux.
Un lâche fait lui seul tomber mille héros.
Je suis frappé: sur eux j'avois brisé mes armes;
Que peut l'amour alors qu'il n'a plus que des larmes?

Quel ſort pour ce Vieillard ! Les vertus & les ans
Sont un titre de plus aux fureurs des Tyrans.
Bientôt on me tranſporte en ce Païs barbare.
Eh ! Mort, réunis-nous, puiſque tout nous ſépare.
Moi, je vivrois ici Captif en liberté.
Quels Princes ! Quels abus de leur autorité !
La vérité ne luit à leur vue affoiblie
Qu'à la pâle clarté du flambeau de l'envie ;
Leur naiſſance les place : ils ne ſeroient point Rois,
Si les Rois ſe créoient par amour & par choix....
Nos maux ſont ſoulagés alors qu'on les partage:
Mais le ſort me ravit juſqu'à cet avantage.
Tu ne ſais point encor combien j'ai combattu,
Et quel crime je vais commettre par vertu.
Devine, s'il ſe peut, le nom de mon beau-pere ;
C'eſt un monſtre, l'effroi, le fléau de la terre.
Nomme donc . . . . Mais que dis-je ? En oſant y ſonger,
Ta fidelle amitié me croiroit outrager :
Tu vas frémir, ami . . . . . Ce monſtre, c'eſt Pizarre.

ZULIBEC.

Grands Dieux ! Mon Roi ſeroit le gendre d'un Barbare !

Ah ! Si tous vos Sujets apprenoient ce revers,
Ils iroient au Tyran redemander leurs fers.

AZOR *bien tendrement.*

Qu'ils l'ignorent toujours. Dans un Roi la tendresse
Doit être un ſentiment, & non une foibleſſe.
Zulmire ! . . . . .

ZULIBEC.

Elle en mourra.

AZOR *très-vivement.*

Mon pere alloit mourir.
Charles ici dans les fers le condamne à languir.
Quel deſtin ! plus Zulmire, hélas ! dût m'être chere,
Et plus mon dévouement eſt digne de mon pere.
Oſe-me parler d'elle, oſe me déchirer :
Combattre en ſa faveur, ami, c'eſt m'honorer;
A ſon cœur généreux je ſais rendre juſtice :
Lui-même ordonneroit ce cruel ſacrifice.
Allons, ami: pour prix de mes tourmens divers,
O mon pere, du moins je briſerai vos fers.

ACTE SECOND.

SCENE PREMIERE.

ZULMIRE, FATMÉ.

ZULMIRE.

Les voilà donc ces lieux où mon amant respire,
Ces tristes lieux qu'abhorre, & que cherche Zulmire :
Victime dérobée aux mains de mes Bourreaux,
Peut-être je me livre à des malheurs nouveaux;
N'importe, en ces climats le tendre amour m'appelle ;
Aux amans réunis la mort est moins cruelle.
Ah! Fatmé, je nourris peut-être un faux espoir;
Me sera-t-il encor permis de le revoir ?

Azor, entends ma voix; retrouvant sa Zulmire,
Azor n'eut rien perdu.... je lui rends son
Empire.

FATMÉ.

Ah! Madame, en ces lieux regne un souffle
empesté.
La Justice est aux fers, le crime est respecté.
Croyez-en le François qui vous servit de guide;
Votre sexe y sait faire un art d'être perfide:
La beauté n'attend point, elle prévient le cœur,
Et semble en chaque objet demander un Vain-
queur.
Peut-être votre amant......

ZULMIRE.

Ah! respecte sa flamme.
Le crime entre-t-il donc dans une aussi belle
ame?
Qu'il vive......

FATMÉ.

Et de son cœur qui vous répond?

ZULMIRE.

Le mien,
Qui, s'il a des vertus les doit toutes au sien.

Je sais unir l'amour & la reconnoissance.
Je possede un ami, je le dois à la France.

FATMÉ.

Et vous avez quitté ces fortunés climats ?

ZULMIRE.

J'aurois quitté Cuser : l'amour conduit mes pas.

SCENE II.

ZULMIRE, FATMÉ, PIZARRE.

ZULMIRE.

MAIS que vois-je ? Fatmé, reconnois-tu Pizarre ?
Fuyons.

PIZARRE.

Vous me connoître !

ZULMIRE.

Éloigne-toi Barbare.
C'est lui, Fatmé, c'est lui dont la sanglante main
Osa jadis porter un poignard dans mon sein,

Et bientôt me livrer affoiblie, expirante,
Aux mépris insultans d'une foule insolente.
Fuis-moi, cruel.

PIZARRE.

Madame, un plus beau jour vous luit :
Cette fiere beauté vous venge & nous punit.
Dès qu'ils vous connoîtront, honteux de leur victoire,
Vos Vainqueurs éperdus vont maudire leur gloire.
Plus malheureux que vous . . . .

ZULMIRE.

Cesse tes vains transports :
Vas, je n'attends de toi ni secours ni remords.
Les Dieux ont exaucé ma priere plaintive,
Ils ont vaincu pour moi ; je ne suis plus captive ;
Tu fais depuis long-temps taire le repentir ?
Mais parle, un seul instant peux-tu ne point mentir ?

PIZARRE.

Je le puis, je le dois.

ZULMIRE.

Je te fais violence :

Mais le Ciel me permet cette douce vengeance.
Ecoute ; tu connois ce Roi de nos États,
Qui lui ſeul ſuſpendoit le ſort de vos combats,
Qui vous auroit vaincus, s'il n'avoit fallu faire
Contre les Élémens une ſeconde guerre :
Vit-il ? Eſt-il ici ? Que fait-il en ces lieux ?
Parle donc, une fois ſois du moins généreux.

PIZARRE.

Hélas ! n'eſpérez plus, je n'oſe vous le dire.
Azor . . . . . .

ZULMIRE *avec un cri.*

Ah ! Je t'entends : malheureuſe Zulmire !
Il ne vit plus : c'eſt trop lutter contre le ſort ;
Qu'attends-tu pour mourir quand ton amant eſt mort ?

PIZARRE.

Trop indigne des pleurs que vous daignez répandre,
Votre Azor eut un cœur moins fidele & moins tendre.

ZULMIRE *rapidement.*

Ah ! Monſtre, quel blaſphême oſes-tu prononcer !

Sur quelle preuve enfin oses-tu l'offenser ?

PIZARRE.

Si vous saviez .....

ZULMIRE.

Acheve.

PIZARRE.

Une affreuse nouvelle,

Azor vit.

ZULMIRE.

O transport ! Il vit, il m'est fidele.
Pour quel sujet, barbare, allarmer mon amour?
Azor vit ; tout me plaît en cet affreux séjour.
Mais tu gémis ?

PIZARRE.

Je plains.

ZULMIRE.

Eh qui !

PIZARRE.

Vous.

ZULMIRE.

Moi ?

PIZARRE.

Vous-même.

ZULMIRE.

Mes malheurs ne sont plus ; près de l'objet que j'aime
L'amour les finit tous.

PIZARRE.

Quand il est mutuel.

ZULMIRE.

Dieux ! qu'entends-je ?

PIZARRE.

Azor....

ZULMIRE.

Parle.

PIZARRE.

Azor marche à l'Autel.

ZULMIRE.

Quoi va-t-on l'immoler ?

PIZARRE.

Non : c'est vous qu'il immole ;
Une autre avec son cœur a reçu sa parole.

ZULMIRE.

Tu ne tiens pas la tienne, exécrable imposteur:
Je ne l'en croirois pas, fût-il son délateur:
Et je te croirois toi, de qui la bouche impure
A cent fois en parlant fait frémir la nature.
Ne retracte-tu point? .....

PIZARRE.

J'en jure par les Cieux;
L'ingrat ......

ZULMIRE.

Mais y crois-tu, pour en jurer par eux.
En accusant Azor, c'est augmenter ma flamme;
Pour lui sa faute encore intéresse mon ame.
Pourrois-tu sans remords, Azor, m'abandonner?
Tu sais te repentir, viens, je sais pardonner.
Que dis-je? Pardonner! Non, tu n'es point coupable.
Je connois ta grande ame, elle est inébranlable.
Eleve, enfant des Dieux, tu sais les imiter:
Et toi, son délateur, songe à le respecter.

PIZARRE.

Eh bien! ne croyez point, Madame, à ma parole:

Le Temple va s'ouvrir : on m'attend, & j'y vole.

ZULMIRE.

à Pizarre. à part.

Fatmé, s'il disoit vrai ..... demeure .... quel soupçon !

à Pizarre.

Ah ! Pourquoi te jouer de ma foible raison ?

PIZARRE.

Je ne vous trompe point. Déja la pompe est prête;
L'Empereur a lui-même ordonné cette fête ;
Je venois de sa part pour vous parler.

ZULMIRE.

Qui ? toi

PIZARRE.

Il voudroit .....

ZULMIRE.

Laisse - là ton Prince, & réponds-moi.
De l'épouse d'Azor tu connois la famille ?
On la nomme ?

PIZARRE.

Zaïs.

ZULMIRE.

Son pere ?

PIZARRE *après un silence.*

Elle eſt ma fille.

ZULMIRE *avec le cri le plus douloureux.*

Juſtes Dieux! vers mon cœur mes ſens ſont retirés.
Il enfonce à plaiſir le poignard par degrés;
Lui, m'oublier ainſi! Lui, te nommer ſon pere!

PIZARRE.

Il nous a tout promis.

ZULMIRE.

Il a donc dû le faire!
Vous vous êtes unis pour le tyranniſer.
Tu l'accuſes, dis-moi ce qui peut l'excuſer.
Quelque devoir peut-être?

PIZARRE.

Adieu, le temps me preſſe.
Madame, pour calmer cette ſombre triſteſſe,
Notre Prince bientôt viendra vous préſenter
Des vœux que vos dédains ne feroient qu'irriter.

SCENE III.

ZULMIRE, FATMÉ.

ZULMIRE.

FATMÉ, de quel ſang froid le cruel me
déchire !
Il vivroit, il pourroit oublier ſa Zulmire !
Coupable trop aimé, ne puis-je te revoir,
Mourir en t'embraſſant, mourir de déſeſpoir ?
Ah ! Sans doute du moins ta main, ta main
trop chere
Ne refuſeroit pas de fermer ma paupiere ;
Ne te verrai-je point ?

FATMÉ.

Ah ! Quittez ce ſéjour,
Madame ; quel eſpoir peut avoir votre amour?

ZULMIRE.

De mourir. Oui, fuyons de ce Palais funeſte :
Qu'il ſoit heureux, l'ingrat ! Ce ſeul eſpoir me
reſte.
Suis-moi.

FATMÉ.

Madame ?

ZULMIRE.

Eh ! bien ?

FATMÉ.

Je vois Azor venir.

ZULMIRE.

Dieux ! Je puis lui parler, mes malheurs vont finir.
Courons .... Non, écoutons : ô Dieux ! que vais-je entendre ?

SCENE IV.

ZULMIRE, AZOR, FATMÉ.

AZOR *sans voir Zulmire qui est sur le devant du Théatre avec Fatmé.*

PIZARRE dans ces lieux m'ordonne de l'attendre :
Quel moment ! J'ai besoin d'interroger mon cœur.

Je vais donc à l'Autel. Jour de crime & d'horreur !
Zulmire, objet trop cher, ton amant t'abandonne :

ZULMIRE *sans être vue d'Azor, en tombant dans les bras de Fatmé.*

Ah ! Cruel.

AZOR *de même.*

Quels remords ! mais le devoir l'ordonne ;
Mais, mes anciens sermens ! .... Mais, mon Peuple à venger !
O douleur ! O combats ! Non, je ne puis changer.

ZULMIRE *en se relevant.*

Quel triomphe, Fatmé, si son amour l'emporte,

AZOR *de même en s'approchant du Temple.*

Il le faut : je suis Roi ; ma gloire est la plus forte.
Céde, amour, ... Non, Zulmire, Azor n'a point parlé ;
Ma bouche m'a trahi, pardonne un cœur troublé .....
Qu'entends-je ? Quelle voix ? Hélas ! mon fils, j'expire ....

Ah !

Ah! Mon pere, ordonnez; je renonce à Zulmire :
Je m'engage à Zaïs. Que dis-tu, malheureux ?
Que fais-tu ? Tu trahis tes sermens & tes feux.
Dieux vengeurs de l'amour, punissez un parjure :
Frappez, vengez sur moi Zulmire & la nature.....
Je succombe, je meurs ; mais je meurs en l'aimant.

Il tombe évanoui sur les degrés du Temple.

ZULMIRE.

Tu revivras pour moi, trop malheureux amant ;
Ou si c'est pour mourir que le Ciel nous rassemble,
Je tombe à tes genoux, Azor, mourons ensemble.

AZOR.

Qui me parle ?

ZULMIRE.

Moi.

AZOR.

Vous ?

ZULMIRE.

Moi-même.

AZOR.

A mes genoux ?

ZULMIRE.

J'y veux mourir.

AZOR.

O Dieux ! de grace levez-vous.
Cuser, chante ton Roi ; chers Sujets, qu'on s'apprête :
Ce jour de mon hymen éclairera la fête ;
Sur un Char de triomphe avançant aux Autels
Nous allons nous unir par des nœuds solemnels.
Venez, Madame, au Temple.

ZULMIRE.

A quels transports ton ame ? ....

AZOR.

Eh ! puis-je modérer une si belle flamme ?
Mon Peuple vous attend.

ZULMIRE.

Eh ! reconnois ces lieux ;
Azor ; tout y devroit te paroître odieux :
Mais l'heureuse Zaïs . . . .

AZOR.

Ah ! Que dis-tu, cruelle ?

Crois-tu donc que Zaïs m'ait pu rendre infidele?
Hélas! en te voyant j'oubliois mes malheurs,
Un seul de tes regards a su tarir mes pleurs :
Je croyois dans Cuser retrouver mon Empire.
Je ne regrette rien, je retrouve Zulmire.
Quel favorable Dieu te rend à mon amour?
Quel dessein t'a conduite en cet affreux séjour?

ZULMIRE.

Le desir de te voir, de soulager tes peines;
De briser, ou du moins de partager tes chaînes.
Est-il quelque malheur dont l'affreux désespoir
Puisse égaler l'horreur de vivre sans te voir?
Prise par l'Espagnol, conduite en esclavage;
Une affreuse misere eut été mon partage :
Les vaisseaux qui portoient tes Sujets vers ces bords,
Oserent des François soutenir les efforts;
Bientôt leurs Prisonniers ils leur rendent les armes.
Je craignois des Vainqueurs insensibles aux larmes:
Je les connoissois mal. J'ai vu ces fiers guerriers,
En essuyant mes pleurs, oublier leurs lauriers.
Pouvois-je de mes maux leur refuser l'histoire?
Azor, on m'auroit cru l'objet de leur victoire.

Ces Héros dont le front respire un noble orgueil,
Sembloient pour m'obéir n'attendre qu'un coup
d'œil ;
Leur Chef de sa grandeur voulut me faire hom-
mage ;
Il éloignoit de moi l'horreur de l'esclavage ;
Mais ses soins généreux à soulager le mien,
Me laissoient tout entiere à m'occuper du tien.
Son respect mérita de lire dans mon ame ;
Je ne m'en repens pas, il fit taire sa flamme ;
Lui-même vers ces bords il fut mon conducteur,
Même dans nos adieux il fut mon bienfaiteur.
Mes yeux en le quittant se tournoient vers la
France.
Ah ! quel doux sentiment que la reconnois-
sance !
Quel plaisir pour les cœurs au devoir assidus
D'avoir à pratiquer une vertu de plus !
Mais dans un seul soupir il n'a pu me sur-
prendre.
Je t'ai tout conservé : n'as-tu rien à me rendre?
N'as-tu point disposé pour une autre que moi
D'un bien sacré, d'un bien qui n'étoit pas à toi ?
Mon Amant ? . . . . . .

AZOR.

Eſt coupable !

ZULMIRE.

Ah ! tu devois le taire :
Et ſi tu me trompois, cette erreur m'étoit chere.
Cet hymen eſt-il fait ?

AZOR.

Il ne ſe fera pas :
J'en jure par l'amour, par toi, par tes appas.
Si tu ſavois ....

ZULMIRE.

Pourſuis : ton ſilence m'accable ;
Crois-tu que je me plaiſe à te trouver coupable?

AZOR.

Pizarre pour ſa fille a demandé ma main,
Lui-même à mes Sujets ſe montroit plus humain :
Leurs malheurs, & les miens, l'Empereur, ſa puiſſance,
Ta mort, la liberté, l'eſpoir de la vengeance ;
Contre tant de motifs que pouvois-je ?

ZULMIRE.

M'aimer.

A Z O R.

Je ſuccombois.

Z U L M I R E.

Mon nom devoit te ranimer.

A Z O R.

Hélas ! même en cédant, fidele à ma tendreſſe .....

Z U L M I R E.

Le véritable amour connoît-il la foibleſſe ?
Quand pour peindre ſes feux, ce généreux François
Faiſoit pour ſon amour parler mille bienfaits,
Chaque bienfait reçu me rendoit plus cruelle,
Ce cœur lui fut ingrat, pour te reſter fidele.
Moi qui devois trembler, j'oſois bien le punir
Des tranſports qu'avec peine il eut pu retenir.

A Z O R.

Arrête, écoute-moi : je voulois te le taire .....
Tu vas verſer des pleurs, ... J'ai dû ſauver mon pere.

ZULMIRE *rapidement, & comme tranſportée.*

Ah ! Je l'avois penſé qu'un devoir important,
Oppoſoit ſeul ſes droits à la loi du penchant.

AZOR.

Ah ! Zulmire, je crois voir sur sa main tremblante
La marque de leurs fers ; la plaie en est sanglante.
Sur son auguste tête un glaive suspendu,
L'auroit déja sans vie à mes pieds étendu.
Je te sacrifiois, ce n'étoit point un crime :
Oui, le Ciel s'honoroit d'une telle victime ;
Encor, telle est l'ardeur d'un malheureux amant;
J'ai pu, pardonne-le, balancer un moment.

ZULMIRE.

Ah ! Qui t'arrête donc ? quitte-moi, cours au Temple ;
Fais taire ton amour, en attends-tu l'exemple?
Suis-moi.

AZOR.

Qu'ordonnes-tu ?

ZULMIRE.

Ce que tu dois vouloir.
Aimer n'est qu'un plaisir, se vaincre est un devoir.

AZOR.

Eh bien ! j'obéirai ; mais de ce sacrifice

Mon pere voudra-t-il ſe rendre le complice ?
Trop fier pour s'abaiſſer, leurs odieux bienfaits
Ne ſeront à ſes yeux que de nouveaux forfaits.
Les dons d'un ennemi lui ſeront une injure ;
J'aurai trahi l'amour ſans ſervir la nature.
Lui ſeul m'eſt-il donc cher ? oui je dois le venger :
Mais pour ſauver ſes jours faut-il donc t'égorger?
Il eſt de ces combats, où la victoire accable :
Te quitter pour jamais m'eſt un ſort effroyable;
Demande des efforts qui ſoient en mon pouvoir.

ZULMIRE.

Meſure-t-on ainſi les bornes du devoir
Qu'à ſes plus chers enfans la nature a preſcrites,
Quand on n'eſt point tenté d'en paſſer les limites ?
Quitte-moi, cher Azor ; l'amante va gémir ;
Mais veux-tu que pour toi Zulmire ait à rougir ?

AZOR.

Triſte condition de la miſere humaine !
Même au ſein du bonheur on reſſent de la peine:
Nos vertus trop ſouvent approchent des défauts;
Les biens entre nos mains nous deviennent des maux.

Adieu, trop cher objet des plus tendres alarmes.
Crains-tu de m'émouvoir en me montrant tes larmes ?
O Dieux ! Je te vois donc pour la derniere fois.
Ressouvenir affreux, l'amour est-il sans droits ?
Mon pere fut amant avant que d'être pere,
L'amour seul a rendu la nature si chere.
Il m'a donné le jour, trop funeste présent !
Chaque instant de la vie est un nouveau tourment.
Sans toi, sans ton amour, j'abhorrerois mon Etre ;
Je tombe à tes genoux : je m'égare peut-être.....

SCENE V.

ZULMIRE, AZOR, PIZARRE, FATMÉ.

PIZARRE *sans être vu d'Azor.*

CIEL ! Que vois-je ?

AZOR *à Zulmire.*

Ah ! connois combien je te chéris.

PIZARRE *avec fureur.*

Perfide, que fais-tu ? Parle.

AZOR.

Je te trahis :
Le Ciel me venge enfin .... J'ai retrouvé Zulmire.

PIZARRE.

Foible Roi, fils ingrat, viens, ou ton pere expire.

AZOR.

Je t'entends ; mais au moins, vois ce qu'il faut quitter ; ......
Barbare, de quel droit ? ......

PIZARRE.

Tu m'oses résister.
Tu braves tes sermens, mon maître, & la nature ;
Mais ton pere en mourant expiera cette injure.

AZOR.

Non : cruel, je te suis.

PIZARRE.

Demeure.

AZOR.

Je le veux :

Mon pere !

PIZARRE.

Toi ? Son fils !

AZOR *après avoir regardé Zulmire en ſilence.*

Je ſouſcris à tes vœux.

ZULMIRE.

Ah ! Je te reconnois à cet effort ſublime :
Azor, n'héſite plus : il nous épargne un crime.

AZOR.

Tu le veux : j'obéis.

ZULMIRE *en le ſuivant jusqu'aux degrés du Temple.*

Les Dieux me ſont témoins
Que mon cœur déchiré ne t'en aime pas moins.

SCENE VI.

ZULMIRE, FATMÉ.

FATMÉ.

Ah ! Madame, quels maux ! Quel deſtin déplorable !

Eh ! Comment résister au poids qui vous accable ?
Quel dessein formez-vous ?

ZULMIRE.

S'il s'engage aujourd'hui,
Je ne puis le haïr, je puis mourir pour lui.
Il paroît criminel ; mais je chéris son crime :
Il me préfere un pere, & mon cœur l'en estime.
Mais qu'entends-je ? Et que vois-je ?

SCENE VII.

ZULIBEC *suivi d'un corps nombreux de Péruviens armés.*

ZULMIRE, FATMÉ.

ZULIBEC *aux Soldats.*

Amis, suivez mes pas :
Venez pour votre maître affronter le trépas.

ZULMIRE.

O Ciel ! C'est Zulibec.

ZULIBEC.

Dieux ! Zulmire elle-même !

Je cours venger, Madame, un héros qui vous aime :
Ces guerriers de leur maître ont appris les malheurs,
La liberté devient un fardeau pour leurs cœurs.
Mais dans un tel moment c'eſt trop peu que des larmes,
Le Ciel ſemble à leurs vœux avoir offert des armes.
Inſpirés par l'honneur, guidés par leur tranſport,
Ils oſeront braver ces inſtrumens de mort,
La reſſource du lâche & l'effroi du crédule;
Que long-temps une crainte aveugle & ridicule,
Offrit à leurs eſprits encor plus qu'à leurs yeux,
Sous le nom impoſant de tonnerre des Dieux,
Et moi que le hazard propice à mon courage,
Daigne armer de ce fer : par le plus digne uſage
Je veux de leur préſent remercier les Dieux,
En purgeant l'Univers d'un Tyran odieux.
Ne perdons point de temps, amis, courons au Temple,
Je ne veux que l'honneur de vous donner l'exemple.

ZULMIRE.

Héros, je vous ſuivrai. Fatmé, ſoutiens mes pas :
Doit-on rien redouter quand on touche au trépas ?
Il eſt amant & fils, & ſa gloire m'eſt chere :
Mais ſans perdre une amante, il peut ſauver un pere.
L'Autel à nos tyrans ſervira de tombeau ;
Et de l'hymen l'amour éteindra le flambeau.

ACTE TROISIEME.

SCENE PREMIERE.

CHARLES-QUINT, AZOR, ZULIBEC, PIZARRE, GARDES, PÉRUVIENS ARMÉS.

Les Portes du Temple s'ouvrent. Charles-Quint en sort le premier, Pizarre le suit : Azor paroît ensuite arrêtant Zulibec qui, l'épée à la main, ordonne aux Péruviens de le suivre, & veut s'élancer sur Charles-Quint.

CHARLES-QUINT *avec fureur.*

HOLA, Gardes, à moi : défendez votre Maître.

AZOR *à Zulibec.*

Arrête.

ZULIBEC.

Laissez-moi vous délivrer d'un traître.

AZOR *du ton le plus noble.*

à Zulibec. *à Charles-Quint.*

Arrête, je le veux ..... Vas ne crains rien .....

aux Péruviens.

Soldats,

Reconnoissez ma voix, & qu'on n'avance pas.
Charles avoit ma parole, il étoit sans défense,
Retirez-vous : j'abhorre une lâche vengeance.

Les Péruviens se retirent, & les Gardes de Charles-Quint arrivent pendant ce couplet par la Porte du fond du Théâtre, & se rangent auprès de l'Empereur.

CHARLES-QUINT.

Mes soldats près de moi sont enfin rassemblés :
Guerriers, suivez Pizarre : enchaînez, immolez
Ces Tigres qu'épargna trop long-temps ma clémence.
Qu'on les amene ici. Leur indigne présence

Pizarre sort suivi des soldats. *à Zulibec.*

Inspirera ma haine ..... Et quel fut ton espoir,
Vil mortel, répons-moi. Qu'as-tu fait ?

ZULIBEC.

Mon devoir.

J'espérois te punir aujourd'hui de la guerre

Que

Que votre rage envoye aux deux bouts de la terre ;
Tyran, tu périssois ..... Me serois-je attendu
Que pour toi, contre nous, mon Prince eut combattu ?

AZOR.

Que dis-tu, cher ami ? tu devois me connoître ;
Je ne me permets point de trahir même un Traître.
L'honneur n'avouoit point cet infame combat ;
Il excuse la guerre, & non l'assassinat.

CHARLES-QUINT.

à Azor. *à Zulibec.*

Tu dictes son arrêt ..... Assassin téméraire ;
Comment oubliois-tu que ta main sanguinaire
Alloit frapper ton maître, en se levant sur moi ?

ZULIBEC.

Qu'entends-je ? Toi mon Prince ! Azor seul est mon Roi.

CHARLES-QUINT.

Lui ton Roi ! De quel Trône est-il à présent Maître ?

ZULIBEC.

Si le sort est changé, son ami doit-il l'être ?

AZOR.

De leur amour pour moi tu vois quel eſt l'effet!
Un ſentiment ſi pur peut-il être un forfait?
Cet ami trop zélé qu'aveugle l'eſpérance,
En armant mes Sujets, ranime leur vaillance.
Tu le ſais: leur valeur t'alloit ſacrifier,
Si mon corps ne t'avoit ſervi de bouclier;
Mais ſi tu crois avoir à punir leur courage,
D'avoir troublé l'hymen, que m'ordonnoit ta
rage,
Dirige mieux tes coups. Quand leur tendre pitié
N'eût point fait de leurs jours hommage à
l'amitié,
Moi-même je rompois cette indigne alliance;
J'avois promis ma main, & non pas ma croyance;
Cruel, tu fais la guerre aux mortels malheureux:
Et c'eſt trop peu pour toi; tu veux la faire aux
Dieux.

CHARLES-QUINT.

Je n'examine point ſi, craignant ma puiſſance,
Ta générosité ne fut qu'une prudence:
Et je dois préférer dans un pareil combat
L'abus d'être crédule au ſoupçon d'être ingrat.
Mais dans un nœud ſi ſaint, comment pouvois-
tu croire

Que je n'unirois point nos dogmes & ma gloire?
Sans le culte la Loi n'eſt qu'un frein impuiſſant.
Ecoute: pour choiſir tu n'as plus qu'un moment.
Des Miniſtres ſacrés, ſages dépoſitaires
Des dogmes les plus ſaints, des plus profonds myſteres,
Vont porter au Pérou le flambeau de la Foi:
Tout y reſpectera Charles, Rome & ſa Loi.
Pour convaincre ton Peuple, il me faut ton exemple.
Le Baptême & l'hymen t'attendoient dans le Temple:
Un forfait a troublé ces auguſtes momens;
Tout ſe peut réparer: il en eſt encor temps.
Es-tu Chrétien? Es-tu le gendre de Pizarre?
Réponds; & ſonge au ſort que ton choix te prépare.

AZOR.

Mon cœur l'a déja fait. Mais de ce choix heureux
L'honneur croit te devoir un compte ſcrupuleux;
Dans ſes derniers momens l'homme innocent & juſte
Doit aux vertus qu'il aime un témoignage auguſte.

Tyran de mes Sujets ; barbare Usurpateur,
Ton Prisonnier veut bien être ton bienfaicteur :
Jamais la vérité n'a frappé ton oreille ;
Pour toi l'amitié dort ; le seul mensonge veille.
Ah ! pussent tous les Rois de l'Europe assem-
blés
Connoître en m'écoutant des droits trop violés ;
Et dépouillant ici leur superbe ignorance,
Du grand art de régner soupçonner la science !
Que fait un nouveau culte à tes nouveaux pro-
jets ?
Pourquoi tyranniser le cœur de mes Sujets ;
Effrayer leurs esprits par d'horribles systêmes,
Des crimes, des vertus, faire autant de problê-
mes ?
Et te comprendront-ils ? Entendent-ils ces mots
De mysteres, de Loix, & d'Edits & d'impôts ?
Tes Ministres de paix ensanglantent la terre
Plus que ces corps d'airain émules du tonnerre.
Craindra-t-on tour-à-tour dans ton nouvel
Etat
Ou le glaive du Prêtre, ou celui du Soldat ?
Tout n'y sera bientôt & que sang & que
poudre :
Dans la paix l'échafaud ! Dans la guerre la foudre !

Qui veut dompter les cœurs, doit avant les charmer ;
Qu'ils vantent moins ton Dieu, qu'ils le fassent aimer.
Eh ! Ne nous ravis point la Foi de nos ancêtres :
Nous craignons encor moins tes guerriers que tes Prêtres.
Eh ! Que dis-je ? Comment en suivant la raison
Peux-tu nous appeller à ta Religion ?
Quel est donc ce Luther qui partage vos Princes ?
Le fanatisme armé désole vos Provinces :
Des bûchers embrasés brûlent de toutes parts ;
La Ligue de Smalcade attaque vos remparts.
Au nom du Dieu de paix vous égorgez vos freres :
Point d'Autels sans couteaux ; point de Peuples sans guerres.
Et tu peux sans frémir porter dans nos climats
Ce germe de fureurs qu'on n'y connoissoit pas ?
Chaque jour par tes mains, aux deux bouts de la terre
La chaîne des malheurs s'étend & se resserre.
Vous quittez vos foyers pour nous porter des fers,

Et vos triſtes climats deviennent des déſerts.
Si vous abandonnez votre propre Patrie,
Si vous égorgez tout par haine, ou par furie
Dans ces pays lointains, où le ſecours des vents
Vous porte chaque jour ſur des châteaux flottans;
Le monde ne ſera qu'une plaine déſerte,
Teinte de ſang, de morts & de mourans couverte,
Où l'homme aidant lui-même aux caprices du ſort,
Par cent forfaits divers multipliera la mort.
Dieux, vous nous vengerez. Ces monſtres trop barbares
Ont des rivaux, comme eux cruels, puiſſans, avares.
Je les vois s'égorger, ſe livrer cent combats,
Ils quittent leurs enfans, leurs femmes, leurs Etats,
Pour chercher des pays où la ſage nature
Contre leurs attentats & s'indigne & murmure:
Où le Ciel les punit par des dangers affreux,
D'avoir cherché des biens qu'il ne fit pas pour eux.
Sous mille bras actifs des cavernes profondes

S'ouvrent pour engloutir les enfans des deux
mondes :
D'avides Artisans, d'eux-mêmes les bourreaux,
En cherchant des trésors, se creusent des tombeaux.
Ils pouvoient vivre heureux au sein de leur patrie !
La vile soif de l'or, l'aveugle tyrannie
En fait des exilés de soucis dévorés,
Ou des tigres sanglans, de carnage altérés.
Monarques de l'Europe, aveugles politiques,
Un jour vous maudirez ces fureurs tyranniques.
Vous pouviez par l'amour, par les besoins unis,
De ces hommes nouveaux vous faire des amis.
Vous aurez préféré d'en faire vos esclaves ;
Mais un jour ils sauront vous rendre leurs entraves ;
Vous les verrez alors foudroyer vos remparts,
Et tourner contre vous les secrets de vos arts ;
Échanger contre l'or qui pare la mollesse
Le fer par qui triomphe une main vengeresse.
Ces temps sont encor loin ; mais le couroux des Dieux
En frappant lentement, n'en écrase que mieux.
Peut-être alors des mers franchissant les barrieres,

Ils accouront venger les manes de leurs peres ;
Et votre monde enfin par l'autre renversé,
Gémira sous le poids qui l'aura terrassé.
La nature a toujours des droits contre les traîtres :
Ceux que vous captivez seront un jour vos maîtres,
Et de chez eux au moins vous forceront à fuir,
S'ils vous méprisent trop pour venir vous punir.

CHARLES-QUINT.

Que dis-tu, malheureux ! Laisse à notre prudence
Le soin d'une pénible & sage prévoyance.
Au nom du Dieu puissant, que révere mon cœur,
Reviens à ses Autels abjurer ton erreur :
Viens payer ton hommage à nos saints Sacrifices,
Ou n'attends de sa part que d'éternels supplices.
Ton Pere est dans les fers, & tu peux balancer?

AZOR.

Ne sauras-tu jamais, cruel, que menacer ?
J'abhorre vos fureurs, je redoute vos fêtes :
Vous parlez d'un enfer : l'enfer est où vous êtes.
Les peuples ont-ils donc plusieurs Religions ?
Tous aiment un seul Dieu, mais sous différens noms.

Nous ſommes tous ſes fils, pour tous il eſt un
Pere :
Barbares, comme vous, il n'eſt point ſangui-
naire.
Si le nom de Chrétiens veut dire Adorateurs,
Nous le ſommes plus qu'eux. Grand Dieu, lis
dans nos cœurs.
Eh ! Que me parlez-vous & d'hymen & de
Rome ?
Je ne ſuis point Chrétien, je ſuis plus, je ſuis
homme.
Tant que l'auſtere loi d'un devoir rigoureux
Balançoit entre un Pere & l'objet de mes feux,
J'ai fait taire l'amour & ſon tendre murmure ;
J'ai vécu par devoir.... La voix de la nature
M'avoit du trépas même interdit le ſecours.
O mon Pere, ma mort eût expoſé vos jours.
Mais on veut maintenant que mon cœur trop
docile
A des dogmes nouveaux prête une foi ſervile.
Dieu juſte, Dieu puiſſant, dont l'auguſte
unité
Eſt un dogme proſcrit par la crédulité,
Je te ſacrifierai ma Zulmire & mon Pere :
Puis-je les préférer au devoir de te plaire ?

Mais que vois-je ? O douleur ! O Prince malheureux !
Que j'éprouve en un jour de ſupplices affreux !

SCENE II.

LES ACTEURS PRÉCÉDENS,

PIZARRE, *Troupe de Péruviens enchaînés que l'on conduit au ſupplice.*

PIZARRE.

SEIGNEUR, qu'ordonnez-vous du ſort de ces Rebelles ?
Pour leur crime il n'eſt point de peines trop cruelles.

CHARLES-QUINT.

Ami, ces Loix de ſang qui fondent les Etats,
Intimident les cœurs, & ne les gagnent pas.
Je veux que ma bonté parle avant ma juſtice,
Et qu'Azor ſeul empêche ou hâte leur ſupplice.
Tu ſais mes volontés. Que réponds-tu ?

AZOR.

Cruel,
Traite-moi donc en Prince, & non en criminel.

Rougis donc d'honorer du nom de la clémence
Ta sourde politique, & ta lâche vengeance;
Mais ne te flatte point que tes détours adroits
Sur leur amour sacré me ravissent mes droits,
Que pour les tourmenter, ta rage ingénieuse
Épuise l'art affreux d'une main furieuse.
Tu les verras encor, à leur dernier soupir,
Te braver, me nommer, me plaindre & me bénir.
Tout jusqu'à la mort même aura pour eux des charmes:
Tous ils croiront leur sang trop payé de mes larmes.

CHARLES-QUINT.

Ainsi, tu choisis donc....

AZOR.

Moi? Je n'ai rien choisi.
Et je cede à l'horreur dont mon cœur est saisi:
Qui, moi? Je choisirois qu'une mort effroyable
Fût le prix de l'amour le plus inviolable?
Vous, qui voyez mes pleurs, qui les faites couler,
O mes premiers amis, c'est à vous de parler.
Je frissonne d'horreur. Quels malheurs sont les nôtres!

Mais pardessus les miens, chers amis, j'ai
les vôtres.
Non : vous ne mourrez point; je n'y puis
consentir . . . . .
Mais qui peut vivre, ici mérite de mourir.
Dois-je, pour éviter quelques légers supplices,
De leurs affreux forfaits vous rendre les complices ?
Par les nœuds d'un hymen consacrer leurs
fureurs,
Et sur des titres saints appuyer tant d'horreurs?
Amis, n'accusez point mes combats de foiblesse:
(*Il s'adresse tantôt à l'un, & tantôt à l'autre.*)
D'un Pere pour ses fils respectez la tendresse.
Vous voulez tous mourir pour garder votre foi
A vous-même, à l'honneur, aux Dieux, à
votre Roi.
Eh bien! Je vais, amis, marcher à votre tête;
Que ce jour de malheurs devienne un jour de
fête.
Jour cher à nos neveux; jour par eux révéré,
Où l'échafaud sanglant soit un Autel sacré,
Auguste monument de la foi mutuelle
D'un Maître toujours tendre & d'un Peuple
fidele.

Que vois-je ! O mes enfans, vous répandez des pleurs !
Réunis par la mort, égaux par nos malheurs,
De quoi vous plaignez-vous, quand rien ne nous sépare ?
Un tel sort est un bien dont le Ciel est avare.
Votre maître au trépas va marcher le premier,
Pour vous consoler tous, pour mourir le dernier:
Fier du soin d'animer vos généreuses flammes,
Dans mes embrassemens je recevrai vos âmes.
Cher Zulibec, marchons.

Il fait quelques pas pour aller au supplice, & voit Zulmire venir à lui.

SCENE III.

ZULMIRE, FATME, SOLDATS, LES ACTEURS PRÉCÉDENS.

ZULMIRE *dans l'enfoncement du Théatre aux Soldats qui la conduisent.*

Cruels, conduisez-moi:
Je veux en ce moment parler à votre Roi.

AZOR.

Dieux, quelle voix j'entends?

ZULMIRE.

Je le vois, je respire:

Azor.....

AZOR.

Je meurs content. Je revois ma Zulmire.

CHARLES-QUINT.

Ciel! que vois-je? Arrêtez: séparez-les, Soldats.

AZOR *serrant Zulmire dans ses bras.*

à Zulmire. *aux Espagnols.*

Demeure près de moi.... Tigres, n'avancez pas:

Ma fureur me suffit.... Mon amour & ma rage,

Au défaut d'une épée, armeroient mon courage.

CHARLES-QUINT.

(*à part*) Ce que j'aime est Zulmire! ô supplice fatal!

à Azor.

Tremble, foible ennemi; ton maître est ton rival.

AZOR.

Toi, cruel! mon rival! que prétend ta furie?

Ce crime encor manquoit aux horreurs de ta vie,
Quel eſpoir t'enhardit, & quel eſt ton deſſein?
Prétends-tu la fléchir un poignard à la main?
Au pied d'un échafaud, le ſerment à la bouche
Exiger le retour de cet amour farouche,
Sur ſon ſein palpitant ſuſpendre le couteau;
Et toi-même à plaiſir devenir ſon bourreau?
Que de forfaits! Que fais-je? Il eſt peut-être encore
Mille tourmens ſecrets, mille horreurs que j'ignore.

CHARLES-QUINT.

Quelque ſoient mes deſſeins, c'eſt à toi d'obéir:
C'eſt un nouveau moyen pour moi de t'aſſervir.
Oui, mon cœur l'idolâtre, & mon ame attendrie
Soumet à ſon empire, & mon Trône & ma vie.
Mais d'un ſi grand amour j'oſe fixer le prix;
Si mes dons, ſi mes feux ſont payés du mépris,
Perfides, ma fureur égalera la vôtre:
Et vous me répondrez, couple ingrat, l'un de l'autre.

AZOR.

Dieux, vos foudres ſont-ils des fantômes bruyans,

Qu'en vos trop foibles mains se disputent les
vents ?
Armez au moins mon bras au défaut du tonnerre:
C'est peu d'intimider, il faut venger la terre....
Pourquoi dans nos combats appeller nos Sujets?
Pour être leurs bourreaux le ciel nous a-t-ils faits?
Charles ose armer ma main : viens au champ
de la gloire
Ou perdre avec la vie, ou gagner la victoire....
Tu pâlis.... Un Tyran est timide au combat,
Fier au sein de sa Cour, & brave en scélérat.

CHARLES-QUINT.

Ah! c'est trop m'offenser. Il mourra. Qu'on
l'enchaîne,
Soldats.

ZULMIRE.

Que faites-vous ? .... Cher Azor !

CHARLES-QUINT.

Qu'on l'entraîne.

ZULMIRE.

Tigres : je le suivrai dans les fers, au trépas :
Venez, si vous l'osez, l'arracher de mes bras,
Percer du même coup & l'amant & l'amante,
Et sur son corps sanglant me renverser mourante.

O

O toi, qui dans mes yeux prétends avoir puisé
Tout le feu dont ton cœur se dit être embrasé,
Monarque Européen, s'il est vrai que ton ame
Soit livrée aux transports d'une brûlante flamme,
Pour prouver ton amour n'as-tu que des fureurs?
Pour gage de tes feux n'as-tu que des horreurs?
Si mes foibles attraits ont pour toi quelques charmes,
Épargne mon amant, & respecte mes larmes :
Je ne le quitte point; ses maux seront les miens;
Et mes bras sont plus forts par la chaîne des siens.
Qui nous séparereroit ?

CHARLES-QUINT.

Ma fureur implacable.
Chaque instant ne le rend encor que plus coupable.

ZULMIRE.

Et quel crime nouveau fait naître ce couroux ?

CHARLES-QUINT.

N'est-ce rien que celui de me rendre jaloux ?

AZOR.

Toi jaloux, téméraire ! où sont tes droits à l'être.

Tes feux ont-ils été les premiers à paroître?
Est-ce au pied des Autels, à la face des Dieux
Que tu la conduiras former d'augustes nœuds?
Veux-tu pour l'y placer descendre de ton Trône?
La prier de t'aider à porter ta Couronne?
Si l'Univers par-là trouve un médiateur,
Dont l'auguste bonté désarme ta fureur;
Si tous ces malheureux vont aux pieds de leur
Reine
Oublier leurs douleurs, & déposer leur chaîne;
Si dans tous mes Etats rétablissant la paix,
Un Traité solemnel rend heureux mes Sujets,
Et que de ce Traité cet hymen soit le gage;
Que mon trépas commence un si parfait ouvrage;
Zulmire régnera ...... Les crimes ne sont plus:
Tout l'admire, son regne est celui des vertus;
Il ne sera besoin que d'un seul sacrifice:
Peut-on trop acheter un siecle de justice?
Je mourrai, promets tout.

ZULMIRE *à Charles-Quint.*

Ne promets rien: envain
Tu voudrois me donner & ton Trône & ta main.
Me préservent les Dieux de rougir de moi-
même!

Le voile de l'honneur eſt mon ſeul Diadême....
Azor, que t'ai-je fait pour me vouloir trahir ?
Avec toi ſuis-je hélas ! indigne de mourir ?
Ah ! n'abandonne point ta malheureuſe épouſe :
Azor, de ton eſtime elle eſt toujours jalouſe ;
Permets-lui de mourir ; cher amant, cher époux,
Tu pourrois me céder .... je tombe à tes genoux.
Oui, je partagerai la mort qui te menace ;
Ma tendreſſe, mes pleurs m'obtiendront cette grace.

AZOR.

Tu le veux : leve-toi : vas : mon cœur éperdu
N'a jamais ſoupçonné ta foi ni ta vertu.
Viens mourir ; ces Sujets que le malheur raſſemble,
Et leur Reine & leur Roi tous périront enſemble.

CHARLES-QUINT.

Azor, ta volonté ne peut rien en ces lieux.
Soldats, obéiſſez. Qu'on l'ôte de mes yeux.
Pizarre, conduis-le. Que dans la tour prochaine
Il vive en gémiſſant ſous le poids de ſa chaîne ;

Et dans les fers encor jettez ces vils mortels.

ZULMIRE.

Monstres, que faites-vous ?

AZOR.

Epargnez-la, cruels.

ZULMIRE.

Azor,

AZOR.

Zulmire, adieu.

ZULMIRE.

Eh ! je ne puis te suivre.

AZOR *entraîné par les Soldats, & conduit par Pizarre.*

Je meurs en t'adorant.

ZULMIRE.

Je vais cesser de vivre.

Elle tombe dans un fauteuil ; Fatmé se jette à ses pieds.

SCENE IV.

CHARLES-QUINT, ZULMIRE, PIZARRE, FATMÉ.

CHARLES-QUINT.

O CIEL ! en quel état son amour la réduit !
La mort couvre ses yeux de son affreuse nuit.
Zulmire, vivez-vous ? Respirez-vous encore ?
Reconnoissez ma voix. Ce cœur qui vous adore
A donné trop de temps aux soins de sa grandeur.
Ouvrez les yeux du moins, & voyez ma douleur.
Zulmire, pardonnez des rigueurs nécessaires ;
Les Rois sont de leur rang les premiers tributaires.
J'ai dû contre un rival assurer mon pouvoir,
Vous me faites haïr ce pénible devoir ;
Le trop farouche Azor . . . . . .

ZULMIRE *ouvrant les yeux par degrés au nom d'Azor.*

Quel nom se fait entendre ?
Azor, le puis-je voir ; & va-t-on me le rendre ? . . . . .

Vous ne répondez plus.

CHARLES-QUINT.

Zulmire,

ZULMIRE *d'une voix entrecoupée.*

Eh bien! parlez;
Rendez quelque repos à mes sens accablés.

CHARLES-QUINT.

Eh! quoi toujours Azor! mais son seul nom m'offense:
Mais il est doublement l'objet de ma vengeance.
Devenu mon sujet, & de plus mon rival,
Les feux dont vous brûlez le rendent mon égal.
Eh! que dis-je? Mon rang, l'honneur qui m'environne,
Mon front ceint de l'éclat d'une double couronne,
De mon nom, de mon sang l'auguste majesté
Ne sont plus rien auprès de sa simplicité;
On le préfere, on l'aime, on le nomme sans cesse:
C'est lui seul qu'on éleve, & c'est moi qu'on rabaisse.
Quand il est dans les fers, quand je puis l'accabler,

C'eſt à moi de prier, c'eſt à moi de trembler!
Ah! ne vous jouez plus de ma fureur jalouſe....
Je ne menace point: je parle à mon épouſe.
C'eſt à ce titre ſeul qu'un cœur reſpectueux
Veut mériter la foi d'un objet vertueux.
Je n'ai jamais conçu le deſſein exécrable
De former avec vous une union coupable:
Je ſais que l'intérêt fomente dans les Cours
Des Miniſtres honteux de criminels amours;
Que les Rois en aimant, vils jouets de l'intrigue,
Cédent moins à leurs cœurs qu'aux efforts d'une brigue.
Zulmire, d'autres nœuds nous doivent enchaîner:
Mon Trône après mon cœur eſt encore à donner.

ZULMIRE.

Je ne ſuis point, Seigneur, de ces femmes altieres,
Qui, bravant leurs devoirs, à leur ſexe étrangeres,
Se vantent de l'honneur de commander aux Rois,
Prétendent tout régler, tout ſoumettre à leurs loix.

En nos climats heureux, mon sexe plus timide
A pour vertu d'aimer le maître qui le guide,
Et de n'envier point à de plus fortes mains
Les rênes ou le fer, arbitre des humains.
Mais il est dans nos cœurs un principe fidele :
C'est le principe inné de la loi naturelle.
Ecoutez, & sachez, Seigneur, vous condamner.
Il faut restituer, avant que de donner.
Votre amour m'offre un Trône ; il en est un
    à rendre,
Vu que le ciel d'avance avoit paru défendre,
En plaçant entre vous & son vrai possesseur,
Des bornes qu'a franchi votre aveugle fureur.
Je partagerois donc vos affreuses rapines,
Mon Trône fouleroit de trop cheres ruines.
Mais d'ailleurs votre loi nous sépare.... c'est
    peu
Dans vos dogmes obscurs de croire au même
    Dieu. . . .
Encor quand notre loi seroit en tout la même,
Me trahirois-je au point de trahir ce que j'aime?
N'eussiez-vous contre vous ni vos affreux for-
    faits,
Ni vos mœurs, ni vos loix, ni vos cruels
    projets,

Alors l'égal d'Azor auroit encor à craindre :
Il n'auroit point encor de droit à me contraindre.

CHARLES-QUINT.

Eh bien ! il faut servir votre injuste courroux :
Venez compter vous-même & conduire mes coups ;
A ma juste fureur rien ne doit mettre obstacle,
D'un rival expirant venez voir le spectacle :
Votre haine prend soin de me justifier ;
Et pour sauver ses jours, est-ce à moi de prier ?
Osez me suivre.

ZULMIRE.

Où donc ?

CHARLES-QUINT.

A l'échafaud.

ZULMIRE.

Arrête.
Sous le fer d'un bourreau, moi, voir tomber sa tête !
Moi, par trop de fierté, l'égorger aujourd'hui !
Ah ! mille fois plutôt expirer avant lui !
Qu'il vive, qu'à sa main un autre objet prétende:

Je lui rends ses sermens, pourvu qu'on me le
rende.

Brisez, brisez ses fers, qu'il vive, je le veux:
Je renonce à son rang, à sa main, à ses vœux;
Je t'ordonne à mon tour, barbare, de me suivre.
Viens me voir le fléchir, lui commander de
vivre,
Moi-même l'enhardir à me sacrifier;
Et si c'est un forfait moi-même l'expier.

CHARLES-QUINT.

Ah! je triomphe enfin. Mais tremblez pour
sa vie,
S'il résistoit encore à ma juste furie:
Il vous sera bientôt permis de lui parler;
Que de vous, pour lui-même il apprenne à
trembler.
Venez.

ZULMIRE.

Qu'ai-je promis? Tout mon être frissonne.

CHARLES-QUINT.

Démentez-vous déja....

ZULMIRE.

Ma force m'abandonne;

Moi, le céder ! ô Dieux ! lui vivre & me trahir !
Voudrois-je l'égorger ? Voudra-t-il m'obéir ?
Le doit-il ? Le trépas n'est-il point préférable ?.....

CHARLES-QUINT.

Il mourra, c'en est fait : il n'est que trop coupable.
Je vais tout ordonner.

ZULMIRE.

Arrêtez. J'obéis ;
Je mourrai.... Je tiendrai tout ce que j'ai promis.
Suivons ses pas : grands Dieux, puisqu'à lui je renonce,
Pour conserver ses jours, dictez-lui sa réponse.

ACTE QUATRIEME.

SCENE PREMIERE.

CHARLES-QUINT, GUZMAN.

CHARLES-QUINT *entrant avec l'air d'un homme irrité.*

AMI, détaille-moi cet horrible forfait.

GUZMAN.

De Pizarre, Seigneur, j'obſervois en ſecret
L'audace criminelle, & la coupable adreſſe.
Seul des Péruviens il arma la foibleſſe.
Ses complices adroits oſerent ſans remords
Livrer un arſenal à leurs fougueux tranſports.
Je l'ai vu confondu parmi ſes émiſſaires,
Verſant ſon fiel amer dans des cœurs mercé-
naires,

Plaindre les maux d'Azor, forcer par ses discours
Ses Sujets attendris d'attenter sur vos jours.
Il en est temps enfin ; Seigneur, cessez de feindre :
Chaque jour ne le rend pour vous que plus à craindre.

CHARLES-QUINT.

Tu le crois ! . . . Dom Juan, pour hâter mes bienfaits,
De Pizarre en ce jour m'écrit tous les projets :
Du Pérou dans l'instant je reçois une Lettre ;
Quel bonheur ! . . l'art des Rois est de savoir promettre.
Sans doute qu'en secret insultant ma bonté,
Le perfide se rit de ma sécurité.
Mais apprends jusqu'où va ma sage prévoyance.
Si cette Lettre, ami, si chere à ma vengeance
Ne m'offre point encor des détails suffisans
Pour punir par la mort ces desseins insolens ;
Je lui confierai tout, dignités & richesses :
Je le veux accabler du poids de mes largesses.
J'aurois à craindre ici ses nombreux partisans,
Et les stilets cachés des lâches courtisans.
Mais à peine au Pérou sa vive impatience
Déployera l'éclat de sa haute puissance,

Il ne trouvera plus qu'un juge en ſon ami ;
Sur ſon tribunal même il ſe verra puni.
Je ferai plus : je veux qu'en ſervant ma juſtice
Il porte à mon vengeur l'ordre de ſon ſup-
plice.
Tout, juſqu'à ſes Soldats, le devroit effrayer ;
Il les croit ſes Sujets ; il eſt leur priſonnier.

PIZARRE *paroît ici au fond de la Scene.*

Il vient : retire-toi ; renfermons ma vengeance ;
Et paroiſſons encore indiſcret par prudence.

SCENE II.

PIZARRE, CHARLES-QUINT.

PIZARRE.

AH ! Seigneur, qu'ai-je appris ? Eſt-il vrai
qu'à l'inſtant,
Alphonſe député vers vous par Dom Juan,
A remis dans vos mains une lettre importante?

CHARLES-QUINT.

On ne t'a point trompé ; mon ame impatiente
Se fait un doux plaiſir d'en connoître l'objet.

Mais je ne prétends point vous en faire un secret:
J'ai mes raisons. Déja tout mon Conseil s'assemble
Pour lire cet écrit, pour le juger ensemble.

PIZARRE.

Seigneur, de Dom Juan la prudence est la loi;
Il est moins le sujet que l'ami de son Roi;
Et je connois pour moi son amitié fidele.
Quelque danger pressant sans doute me rappelle:
Il peut avoir, Seigneur, besoin d'un prompt secours:
Ordonnez, à vous seul j'ai consacré mes jours

CHARLES-QUINT.

Demain tu partiras, la flotte est toute prête.
Que chaque jour éclaire une illustre conquête.
Je veux qu'Azor te suive; il me nuit en ces lieux,
Et je crains les excès d'un amour furieux.
Zulmire veut le voir; attendri par ses larmes,
Je n'ai pu refuser cette grace à ses charmes.
Ils ne se verront plus; & mon cœur amoureux
Veut une fois du moins paroître généreux.
Qu'ici, de ce côté, la Tour lui soit ouverte:

Mais dis-lui que tous deux assureroient leur perte,
S'ils tournoient contre moi ce bienfait important,
Qu'un Roi refuseroit, & qu'accorde un amant.

PIZARRE.

Mais, Seigneur, si d'Azor l'amour opiniâtre
Irritoit les transports du cœur qui l'idolâtre;
Si dédaignant ma fille, & l'offre de sa main,
Il ne voyoit en moi qu'un barbare assassin:
L'abandonnerez-vous à ma juste vengeance?
Le pourrai-je immoler dans la nuit du silence,
Et ravir tout espoir à l'objet dangereux
Dont sa présence irrite & la haine & les feux?

CHARLES-QUINT.

Pizarre, de son sort conduis seul le mystere:
Il sera juste alors qu'il sera nécessaire.
Un homme tel que moi veut être deviné:
Et vouloir l'être, ami, c'est avoir ordonné.
Le Conseil assemblé m'attend: je vais m'y rendre;
Je te laisse ma gloire & mes feux à défendre.

SCENE

SCENE III.

PIZARRE *seul.*

FIER Empereur, toi-même enhardis ma valeur :
Ton ame altiere enfin connoît donc la frayeur !
Oui, dès demain je parts ; Dom Juan m'est fidele :
Cet ami confident de ma grandeur nouvelle,
Travaille en mon absence à me gagner les cœurs,
Et du peuple en mon nom, soulage les malheurs.
Mais Azor me suivra ; son utile présence
Justifiera par-tout mon adroite clémence ;
Ses Sujets le verront libre, heureux, couronné,
A ma fortune enfin par lui-même enchaîné.
Je leur ferai haïr Charle & sa tyrannie ;
Je dirai que leurs maux naissoient de sa furie ;
Je les ferai passer, pour captiver leur foi,
De l'amour du Ministre à la haine du Roi ;
Et lorsqu'autant qu'Azor j'obtiendrai leur hommage,
Je saurai sur moi seul réunir mon ouvrage.
Mais Zulmire s'avance : assurons nos succès

Ce jour, cet heureux jour, va combler mes
souhaits.

SCENE IV.

ZULMIRE, PIZARRE, FATMÉ.

ZULMIRE *à Fatmé.*

OUI, je l'ordonnerai ce cruel sacrifice;
Fatmé, je l'ai promis, il faut qu'il s'accomplisse.
Soutiens mes pas tremblans .... la voilà cette
tour,
Où languit un héros, l'objet de mon amour.

PIZARRE.

Madame, il vous devra la fin de sa misere;
Vous briserez les fers de son malheureux pere.
Quoi vous versez des pleurs! un cœur si généreux
Peut-il se plaindre encor quand il fait deux
heureux.

ZULMIRE.

Parle, Pizarre: achève, affermis mon courage;

Ah ! je n'attendois pas ce bienfait de ta rage.
Ordonne à tes soldats que la clarté du jour
Pénetre enfin l'horreur de cet affreux séjour.
J'entends d'ici le bruit de ces chaînes pesantes
Dont l'effroyable poids flétrit ses mains tremblantes.
Ne tarde plus : mon ame, à force de languir,
Ne soutient qu'à regret un corps qu'elle va fuir.

PIZARRE.

Les momens seront courts : profitez-en, Madame :
Ménagez l'Empereur & sa brûlante flamme ;
Je vous laisse : bientôt vous pourrez voir Azor ;
Mais renoncez à lui, s'il vous est cher encor.

SCENE V.

ZULMIRE, FATMÉ.

ZULMIRE.

DIEUX, prêtez à ma voix une douce éloquence ;
Amour, donne à mes pleurs ton aimable puissance ;

C'eſt de moi qu'Azor doit apprendre à me céder . . . . .

après un ſilence.

Mais ne craindrois-je point de trop perſuader?
Que dis-tu? Foible cœur? Une femme mourante
Doit-elle encor former les deſirs d'une amante?
Ah! . . . . Qu'entends-je? Quel bruit vient donc m'épouvanter?

Elle s'approche de la tour.

La porte va s'ouvrir; j'entends ſe répéter
De lugubres ſoupirs & des voix expirantes;
Cette tombe engloutit des victimes vivantes.

Les portes de la tour s'ouvrent.

On ouvre; entrons; je meurs.

Elle tombe évanouie à la porte de la tour.

SCENE VI.

TACMA *enchaîné*, AZOR *enchaîné*, ZULMIRE, FATMÉ.

Azor est sur le devant de la prison : Tacma est dans l'enfoncement presque caché dans l'ombre.

AZOR.

QUELS sons entrecoupés !
Un nuage obscurcit mes yeux enveloppés.
Est-ce le jour qui luit ? O Dieux ! la porte s'ouvre !
A travers cette nuit quels objets je découvre !
Ah ! qui que vous soyez . . . Que vois-je ! près de moi,
Un malheureux languit ! . . . . . Je suis saisi d'effroi,
De crainte, de douleur, d'espoir, & de tendresse.
Compagnon malheureux du tourment qui m'oppresse,
La nuit ne permet pas de distinguer vos traits,
Et le poids de mes fers d'approcher de plus près.

Daignez-vous faire entendre à mon ame éperdue;
Peut-être elle perdroit à vous être inconnue.
Citoyen du Pérou, fidele aux Loix des Dieux,
Je n'ai point mérité de languir dans ces lieux.

TACMA.

Qu'entends-je? Quoi le sort au Pérou vous fit naître?
Ah! parlez : je mourrai moins malheureux peut-être.

Il s'avance à pas lents, & s'assied toujours dans l'ombre.

Vous connoissiez Azor : dites : quel est son sort?
L'Espagnol furieux lui donna-t-il la mort?
Ah! daignez satisfaire à mon impatience.

AZOR.

Hélas! il vit encor; mais déja leur vengeance
Auroit livré ce Prince aux bourreaux assassins,
S'ils ne l'avoient gardé pour servir leurs desseins.
De Pizarre en ce jour, il doit être le gendre :
Fils aussi malheureux, qu'amant fidele & tendre,
Il a sacrifié dans ce jour odieux
Sa maîtresse à son pere, & son pere à ses Dieux.
Vous soupirez .... Les maux où vous êtes en proie ......

TACMA.

Ami, vous vous trompez ; je pleure, mais de joie :
Tous mes maux ne sont rien ; j'en ai reçu le prix ;
Ce fils si généreux, ce héros. . . C'est mon fils.
Que faites-vous ?

AZOR.

Je tombe aux genoux de mon pere :
Azor est à vos pieds ; captivité trop chere !

TACMA.

O mon fils, trop de joie a saisi tout mon cœur ;
Je me sens expirer.

Il tombe la tête appuyée sur le sein d'Azor.

AZOR.

Dieux, voyez ma douleur ;
Dans les bras de son fils, Dieux, rendez-lui la vie ;
Qu'il puise sur mon sein ce feu qui vivifie :
Ne me le rendez-vous que pour me le ravir ?

ZULMIRE *en revenant à elle.*

Quel sommeil de la mort est venu m'engourdir !
Allons, Fatmé, remplir mon triste ministere.

Elle entre dans la tour.

AZOR.

Ah! Zulmire, est-ce-toi ? viens, reconnois mon pere.
La joie a suspendu l'usage de ses sens.

TACMA.

Ah! je respire enfin .... Quels attraits innocens,
O mon fils, à tes pleurs viennent mêler leurs larmes;
Mes yeux, mes foibles yeux frappés de tant de charmes
Sans les bien distinguer, admirent leur éclat;
Mais, ô mon fils, ces yeux te rendroient-ils ingrat ? .....

ZULMIRE.

Qui lui, Seigneur, ingrat!

TACMA.

A cette voix touchante
Je reconnois Zulmire! ..... O bonheur qui m'enchante!
Serrez-moi dans vos bras; mes amis, mes enfans,
Je puis dans mes transports défier nos Tyrans.
Je ne connoîtrai plus la douleur ni la plainte;
De vos bras enlacés je sens la douce étreinte.

Digne amante d'Azor, est-ce à vous que je dois
L'espoir qui me séduit, le jour que je revois?

ZULMIRE.

Seigneur, la cruauté du sort qui nous accable
Aux yeux de Charles-Quint m'a fait paroître
aimable.
Il veut que dès ce jour l'acceptant pour époux,
Je sacrifie Azor à ses soupçons jaloux;
Et qu'Azor, devenu le gendre de Pizarre,
Assure en s'engageant l'hymen qui nous sépare.
J'ai tout promis; j'ai dû m'imposer cet effort;
On préparoit déja l'appareil de sa mort.

AZOR.

Qu'as-tu dit? Qu'as-tu fait? Zulmire a pu promettre
Que mon cœur l'oublieroit.... Voudrois-je m'y
soumettre?
Peux-tu sans mon aveu disposer de ma foi,
Et vivre sans remords pour un autre que moi?
Vas, je te hairois de me sauver la vie,
Si tu me la sauvois par une perfidie.

ZULMIRE.

Arrête; épargne-moi; c'est trop me menacer:
Toi me haïr! quels mots tu viens de prononcer!

Je ne méritois pas cet excès de colere ;
Est-ce à moi d'immoler mon amant & son pere ?
Je ne te parles pas de mon propre danger :
C'est affoiblir ses pleurs, que de les partager.
Tu le sais si je suis l'objet de mes alarmes !
Ton pere seul a dû te disputer mes larmes......

AZOR.

N'acheve pas : mon cœur t'a trop bien entendu.
Ce seroit pour périr qu'il me seroit rendu !
Non, non; quelque forfait que le Tyran ordonne,
J'obéirai ; mon cœur à ses loix s'abandonne ;
Idolâtre ou Chrétien, qu'importe à ma raison ?
Mon culte pour mon pere est ma religion,
Et je suis excusé, si grand que soit mon crime,
Par l'honneur de sauver cette auguste victime.

TACMA.

Vas. Ta gloire est, mon fils, le premier de mes soins.
J'en prends ici Zulmire, & les Dieux à témoins,
Que je mourrai plutôt, que de voir ta tendresse
Payer mes tristes jours du prix d'une foiblesse.
Lorsqu'épuisé par l'âge & jaloux de te voir
Par mille heureux bienfaits consacrer ton pouvoir,

J'ai remis dans tes mains mon Sceptre & ma
Couronne ;
Devenu ton Sujet quoiqu'assis près du Trône,
Partageant les devoirs d'un Peuple bien soumis,
J'ai depuis révéré mon Prince dans mon fils ;
Plus content d'obéir, que de régner moi-même,
J'aurois donné mes jours pour sa grandeur
suprême.
Le devoir si sacré de mourir pour son Roi
N'a point cessé, mon fils, d'être sacré pour moi ;
Et le malheur n'a pu t'ôter le caractere
Que te donnoit ton rang, que t'a cédé ton pere ;
Parle, & sur l'échafaud tout mon sang coulera.

AZOR.

Sur ce même échafaud Zulmire expirera.

TACMA.

Eh ! mon fils, quel malheur égaleroit pour elle
L'horreur de te trahir, de te voir infidele ?
La vertu pour tous deux est un devoir sacré :
Ne crains plus rien, mon fils : les Dieux m'ont
inspiré.

Il fait un effort pour se lever, & alors il étend les mains vers le ciel.

Etre juste, éternel, toi dont l'œil redoutable

Pénetre les replis du cœur le plus coupable;
Entend ma foible voix; nos cœurs sont tes
autels;
Daigne fixer sur nous ces regards paternels:
Qu'un rayon émané de ton sein adorable
Éclaire en ces momens ce séjour effroyable.
Je vais fixer, mon fils, tes vœux irrésolus;
Sous le joug d'un Tyran tu ne gémiras plus.
Je le dois, je le puis joindre au doux nom de pere
D'un Ministre des Dieux le sacré caractere.

Azor & Zulmire tombent aux genoux de Tacma & joignent leurs mains que le pere serre encore dans les siennes.

Joignez vos mains: c'est moi, c'est moi seul, mes enfans,
Qui dois au nom des Dieux recevoir vos sermens.
Sentez-vous comme moi la joie aimable & pure,
Que l'on goûte & qu'on puise au sein de la nature?
Faites de ce cachot un temple à la vertu:
Consacrez un moment trop long-temps attendu.
Vous savez quel devoir est maintenant le vôtre:
Il est, ô mes enfans, de mourir l'un pour l'autre.
Ah! levez-vous: pour prix du plus grand des
bienfaits:
Je veux votre tendresse, & non point vos respects.

Hélas ! l'homme seroit plus vertueux peut-être,
Si pour unir ses fils, tout pere étoit le Prêtre.
Mais Zulmire me doit un utile secours :
Nos Tyrans cesseront de maîtriser mes jours ;
Si j'ai comblé vos vœux, Zulmire, j'ose attendre
Que vous remplirez ceux du pere le plus tendre :
Je supplierai ma fille, & ce titre chéri
Me donnera les droits d'un pere & d'un ami.

ZULMIRE.

Ah ! mon pere, parlez : puisse le ciel propice
Me remettre le soin d'acquitter sa justice !

TACMA.

Ma fille, nos tyrans n'étendent point sur vous
L'opprobre de leurs fers, & l'horreur de leurs coups.
Vous êtes libre encor. Par pitié, par tendresse
Finissez les malheurs de ma triste vieillesse.
Quittez-nous, & bientôt un poignard à la main,
Revenez confier à moi seul mon destin.
Vous ne répondez point : songez que je l'ordonne,
Qu'au fer de mes bourreaux un refus m'abandonne....
Ah! ma fille, à mes maux laissez-vous attendrir;

Voyez ce que je puis; ce que je dois souffrir:
Vous-même à mon repos ne mettez point obstacle.
Voulez-vous qu'insulté, que servant de spectacle,
Je repaisse les yeux d'un Peuple frémissant,
Aux crimes des bourreaux sans cesse applaudissant?
Ah! du moins répondez.

ZULMIRE.

Mes larmes vous répondent:
Mille affreux sentimens m'accablent, se confondent.
Ce que vous demandez me fait frémir d'horreur;
Cette reconnoissance épouvante mon cœur.
Pourquoi prendre, cruel, le titre de mon pere,
S'il devoit m'imposer cet affreux ministere?
Vous réduisez mon ame à gémir d'un bonheur
Dont ma vie autrefois eût payé la douceur.

TACMA.

Vous refusez un Pere! .... Eh bien! j'attends Pizarre.
L'air que vous respirez vous a rendu barbare:
Vous serez satisfaite, allez à l'échafaud,
Allez-vous joindre au Peuple: on m'y verra bientôt

Mourir en pardonnant à des monstres sans ame,
Et n'accusant que vous de cette mort infame.
Je ne vous retiens point : j'ai perdu tout espoir,
Je suis trahi ; mes yeux ne veulent plus vous voir:
Sortez.

ZULMIRE.

Dieux ! à quel point je me vois avilie !
L'opprobre n'a point dû, Seigneur, flétrir ma vie......
J'obéirai, mon pere : & ma tremblante main
S'en punira bientôt en me perçant le sein.

TACMA.

Eh bien ! meurs avec moi, si ta gloire l'ordonne:
La mienne est rassurée, & mon cœur te pardonne.

AZOR.

Vous ne mourrez pas seuls ; Zulmire quitte-nous;
Et reviens délivrer ton pere & ton époux ....
Ciel ! que faire ? Je vois Pizarre qui s'avance.

SCENE VII.

PIZARRE, LES ACTEURS PRÉCÉDENS.

PIZARRE.

POURQUOI paroissez-vous redouter ma présence ?
Quittez ces sombres lieux : vos malheurs vont finir ;
Bientôt des nœuds sacrés vont tous nous réunir.
Soldats, rompez leurs fers. Revoyez la lumiere,
Respectable vieillard . . . . Azor retrouve un pere,
Et sans doute ce bien, que le destin lui rend,
N'est point pour sa tendresse un bien indifférent.

Azor, Zulmire, Taema & Fatmé s'avancent sur le devant du Théatre. Azor soutient son pere, aidé des Soldats. On le place dans un fauteuil au milieu de la Scene. Pizarre continue.

A

A l'Empereur enfin que faut-il que j'annonce ?
Qu'avez-vous résolu ? j'attends votre réponse,
Azor.

TACMA.

Ce n'est plus lui, qui maître de mes jours
Peut en se dévouant en prolonger le cours :
Pizarre, réponds-moi ; tu veux qu'il soit ton gendre.
Par ta feinte amitié penses-tu nous surprendre ?
Tu veux, en te servant de cette autorité
Qu'exercent les Héros sur un Peuple enchanté,
De son Prince au Pérou présenter le fantôme,
Ton esclave en secret, captif dans son Royaume,
Réduit à regretter dans son propre Palais,
Et ce cachot infame & vos cruels arrêts ;
De ses jours avilis détestant l'amertume,
Tel qu'enfin au Mexique on a vu Moutezume
Jouet de vos fureurs, esclave couronné,
Périr à votre char honteusement traîné.
Tes Soldats dont les cœurs sont endurcis aux crimes,
Respecteront-ils plus leurs tremblantes victimes ?

Ton maître voudra-t-il oublier sa fureur ? . .

PIZARRE.

Seigneur, d'autres projets sont entrés dans mon cœur.
Un guerrier conquérant peut s'égaler aux Princes :
Charle n'a plus de droits sur vos vastes Provinces ;
Je les lui ravis tous. Maître de ses vaisseaux,
Je consacre ses dons à mes projets nouveaux.
Sachez ce que j'ai fait pour soulager vos peines ;
Qui des Péruviens osa rompre les chaînes ?
Par qui leurs bras vengeurs, à vaincre accoutumés,
Pour renverser l'Autel, furent-ils donc armés ?
C'est par moi, qu'en secret ouvert à leur courage
Un de nos arsenaux eût vengé votre outrage,
Si vous n'eussiez vous-même arrêté . . . . Mais je dois
Admirer vos vertus, & respecter leur choix.
Trop souvent aux soupçons vous avez joint l'injure :
Eh bien ! pour consoler l'amour par la nature,

C'est moi qui dans ces lieux voulus vous réunir;
Après un tel bienfait osez-vous me haïr ?
Sur de feintes rigueurs ne jugez point Pizarre.
J'ai dû, pour vous servir, vous paroître un barbare :
Mais, que je vais punir l'ingrat qui m'a contraint
A perdre votre estime, à me voir toujours craint.
Un confident adroit qu'en secret j'autorise,
Prépare en m'attendant cette grande entreprise.
Ainsi je prends sur moi le soin de vous venger :
Vous craignez vos Tyrans ? je les fais égorger.
Armes, vaisseaux, trésors, que Charle me confie,
Serviront à venger votre illustre patrie.
Rendez justice enfin à mes sages projets,
Que pourriez-vous, Seigneur, craindre encor?

TACMA.

Tes bienfaits.
Sans doute tu m'entends. Vas : rapporte à ton Maître
Que trop grand pour entrer dans les desseins d'un traître
J'ai préferé la mort au crime avilissant
De me venger de lui, mais en le trahissant.

Azor & sa Zulmire ont aux genoux d'un Pere
Rendu de leurs sermens le Ciel dépositaire.
Azor sans déshonneur ne peut plus la céder ;
Tous deux ont une foi précieuse à garder.
Allons, mon fils : rentrons dans ces lieux de ténebres :
Le crime au moins n'est point sous ces voutes funebres.
Et vous, ma fille, allez, & revenez bientôt
Adoucir par vos soins l'horreur de l'échafaud.

PIZARRE.

Vous, la revoir, cruels ! non, non : trop de clémence
Ne sert qu'à redoubler votre fiere arrogance.

TACMA.

Quoi ! tu refuserois à mes tristes enfans
De me voir expirer dans leurs embrassemens.

PIZARRE.

A quel titre osez-vous demander quelque grace ?
Les ordres sont donnés, & ma pitié se lasse.

AZOR.

Notre plus cher espoir, ô mon pere, est frustré !

TACMA *se levant précipitamment.*

Non: tout n'est pas encor, mon fils, désespéré.

il arrache le poignard qui est au côté de Pizarre, & se frappe.

Le Ciel arme ma main, & je meurs sans outrage.

PIZARRE *lui arrachant le poignard qu'il veut retenir.*

Ah! que fais-tu, cruel? & que prétend ta rage?
Que veux-tu donc encor?

TACMA.

Le donner à mon fils .....
Quel voile vient couvrir mes yeux appesantis?
Cher Azor, soutiens-moi, viens me servir de guide;
Je souffre à soutenir les regards d'un perfide.
Adieu, ma fille, adieu. Vas, pour combler mes vœux,
Attendre à l'échafaud un époux malheureux:
Et là, pour le venger, si sa gloire t'est chere,
Souviens-toi du présent que tu devois nous faire.

Tacma & Azor sont arrivés pendant ce couplet à la porte de la tour, Azor place son pere sur un siege & lui soutient la tête sur son sein.

Pour la derniere fois, ma fille, embrasse-moi;
Vas remplir ton devoir, je meurs; éloigne-toi.

ZULMIRE.

Adieu, puisqu'il le faut; à peine je respire:
Dans vos derniers momens nommez encor Zulmire.

Les portes de la tour se ferment, à Pizarre.

Et toi qui me contrains à fuir de ce cachot,
Tu me retrouveras, Tyran, à l'échafaud.

SCENE VIII.

PIZARRE *seul.*

Que de graces, ô ciel! je dois à ma prudence!
Leur sauvage rudesse eût trahi ma vengeance;
Mais Charle prévenu, quand on m'accuseroit,
Croira de ce complot savoir tout le secret......
Si cependant, pour mieux envoiler le mystere,
J'immolois l'ennemi dont l'arrogance altiere
Pourroit sur mes desseins jetter trop de clarté;
Que sais-je, si jaloux de ma félicité

Charle ne prendroit point, en feignant de le croire,
Ce prétexte d'oser me punir de ma gloire ?
Pour qu'il croye à mon zele & que je croye au sien,
L'un & l'autre en secret nous connoissons trop bien.
J'ai su par un conseil offert avec adresse
Armer de son aveu ma fureur vengeresse.
Azor peut à ma haine être sacrifié :
Par ce détour adroit, je suis justifié.
Allons : & revenons signaler ma vengeance,
Et par un prompt trépas, m'assurer du silence.

ACTE CINQUIEME.

SCENE PREMIERE.

PIZARRE *seul.*

QUEL revers accablant me semble menacer?
Que vois-je ? Tout me fuit ! Eh ! que dois-je
penser ?
Mes amis arrêtés, les Soldats sous les armes !
D'un noir pressentiment j'éprouve les alarmes.
Je m'y perds ; plus j'y pense, & plus mon cœur
troublé
Cede à l'effroi secret dont il est accablé.

Il se jette dans un fauteuil.

Dom Juan auroit-il trahi ma confiance ?
Avec mes ennemis est-il d'intelligence ?
Malheureux, voilà donc le fruit de mes tra-
vaux !

Quoi, les lâches toujours trahiront les héros !
Aux traits du ſort déja je crois me voir en bute,
Étonnant l'Univers du fracas de ma chûte ;
Foibles Péruviens, ſi c'eſt-là vous venger,
Je ſaurai vous contraindre à pleurer mon dan-
ger.
Tout peut m'abandonner, ſans que je m'aban-
donne :
Qu'ai-je à craindre après tout ? .... La mort ....
Mais je la donne ;
Mais le farouche Azor va dans l'inſtant périr,
Avant que l'Empereur ait pu l'entretenir :

Un Soldat entre tenant une coupe à la main.

On me l'apporte enfin la coupe empoiſonnée,
Qui va de mes deſſeins fixer la deſtinée.
Holà, gardes, qu'on ouvre.

Les portes de la tour s'ouvrent aux Soldats.

Allez, retirez-vous.

SCENE II.

PIZARRE, AZOR.

On voit Azor couché ſur le cadavre de ſon pere, & ne donnant aucun ſigne de vie. Pizarre s'avance tenant la coupe à la main.

PIZARRE.

INGRAT & foible objet du plus juſte courroux,
Indigne confident d'un héros redoutable,
Ma facile amitié t'a rendu trop coupable :
Azor, éveille-toi, viens recevoir la mort ;
C'eſt le plus cher préſent que t'ait gardé le ſort.

Il avance & recule précipitamment.

Ce ſpectacle nouveau me ſaiſit & m'étonne :
Pour la premiere fois je ſens que je friſſonne.

AZOR *avec un profond ſoupir.*

Ah !

PIZARRE *en ſortant de la tour.*

Tout effraye ici. Quel lugubre ſoupir !
Pourquoi tant de pitié, quand je devrois punir.

AZOR *en pressant contre son sein une des mains de Tacma.*

Ah! pere infortuné, devrois-je te survivre?

PIZARRE *vivement.*

Eh bien! dans le tombeau, perfide, ose le suivre.

AZOR *en se relevant,*

Je ferai plus: mon cœur veut t'en remercier;
Entre: le sang n'a rien qui te doive effrayer;
Cette coupe est pour moi: donne .... pour l'innocence
Ces momens sont toujours des momens d'espérance.
Dans les fers, sur le Trône, ami, Roi, fils, amant,
Religieux par choix, tendre par sentiment,
Combien de maux affreux j'ai souffert sans me plaindre!
Je touche enfin au terme où je voulois atteindre.
Au bout de la carriere un bonheur immortel
Va m'unir à mon pere au sein de l'Eternel.
Je rends au Créateur une ame tendre & pure,
Telle qu'on la reçoit des mains de la nature.
Vous m'attendez, mon pere; ah! mon cœur oppressé

Plus de cent fois déja vers vous s'est élancé.
Je craignois peu les maux dont la mort me délivre ;
Le Ciel le sait ; je meurs pour commencer à vivre.

Il prend la coupe, boit, & la remet à Pizarre.

Tiens : c'en est fait, cruel, & ton cœur est content.
Mais voudrois-tu combler ce bienfait important ?
Laisse-moi mourir seul ; va trouver ma Zulmire.
Prends une même coupe, & dis-lui que j'expire ;
Que pour gage dernier d'un amour éternel
Je ne puis lui donner que ce présent cruel ;
Qu'elle seule est l'objet de mes tristes pensées ;
Que l'amour brûle encor dans mes veines glacées,
Et que mon tendre cœur qui la connoît trop bien,
Veut par tes mains lui faire un sort semblable au mien.
Ah ! ne differe plus.

PIZARRE.

Azor, qu'ose-tu dire ?
Au Temple dans l'inſtant on conduira Zulmire,
Votre fierté n'a fait qu'irriter l'Empereur,
Et ſes feux mépriſés ſe changent en fureur.
Tandis que pour l'Hymen on travaille, on s'apprête,
Mille ſanglantes morts annoncent cette fête.
On dreſſe des bûchers, des croix, des échafauds :
Le ſang des Criminels va couler par ruiſſeaux ;
Le lâche Zulibec meurt avec ſes complices.
L'hymen va s'accomplir ſous ces ſanglans auſpices :
Les flammes des bûchers ſerviront de flambeaux ;
Les époux jureront ſur le fer des bourreaux.

AZOR.

Qu'entends-je ? O Zulibec, ô Sujets trop fideles,
Vous mourrez tous pour moi de la mort des rebelles :
Ah ! mon pere, les Dieux vous ont bien mieux traité,

Vous avez éprouvé leur auguste bonté,
Étendu sur mon sein & baigné de mes larmes;
Même au sein de la mort vous trouvâtes des
charmes:
Et vous avez senti votre ame en vous quittant
Sur mes levres du moins se fixer un instant.
Moi portant dans mon sein & la mort & la vie,
Seul avec ma douleur, & mourant par partie,
J'ignore en expirant quel sera le destin
D'une beauté livrée au Tyran inhumain,
Qui la traîne aux Autels, & la condamne à
vivre
Sous le joug odieux où son destin la livre:
Eh! quoi nous sommes seuls, les chemins sont
ouverts,
Et mes bras sont enfin libres du poids des fers.

Il se leve avec violence, & s'élance hors de la tour.

A mes derniers momens un désespoir horrible
Vient réchauffer mon être, & me rendre invin-
cible.
Donne-moi ce poignard dont l'utile secours
D'un Pere plus heureux trancha les tristes jours.
Je vais aller au Temple attendre le barbare,

L'égorger, le punir .... où ma raison s'égare !
Mes genoux chancelans se dérobent sous moi;
Mort, je te sens venir ... Mais sans aucun effroi.
Dans ce Temple bientôt on traînera Zulmire;
Eh bien ! c'est en ce lieu qu'il faudra que j'expire.

Il s'assied sur les degrés du Temple.

C'est-là, qu'aujourd'hui même, & ne respirant plus,
J'ai revu ses attraits que j'avois cru perdus :
J'y veux mourir; je veux m'offrir à son passage.
Ses larmes couleront : le Tyran dans sa rage
Foulera sous ses pieds mon cadavre glacé;
Mais Zulmire à ses yeux le tenant embrassé,
Avant que de s'unir au cruel qu'elle abhorre,
M'aura crié cent fois, Azor, je t'aime encore.

Il tombe étendu sur les degrés.

SCENE III.

CHARLES-QUINT, AZOR, PIZARRE, SOLDATS.

PIZARRE.

(*à part.*)

QUEL moment ! Charle vient !
à Charles-Quint.
L'offre de vos bienfaits
N'a pu fléchir ſon cœur, & ſervir vos projets.
J'ai pris ſur moi le ſoin de punir ſa rudeſſe,
Seigneur ; mon ſeul devoir eſt ce qui m'intéreſſe.

AZOR *ſe relevant.*

Exécrable impoſteur, de quel front oſes-tu
T'honorer d'un forfait, & le nommer vertu ?
Mais il me reſte encor la force de répondre :
Je ſuis aſſez vengé, ſi je puis te confondre.
Mon ame à ce deſſein, ſemble encor s'arrêter;
Chaque inſtant me détruit ; il en faut profiter.
Écoute, Charles-Quint; je prétends que ma vie
Par ma mort, s'il ſe peut, ne ſoit point démentie ;

Connois

Connois enfin l'ami qu'honorent tes bienfaits,
Et le Roi, ton rival, jouet de tes forfaits;
Je pouvois me venger; je pouvois sur ta tête
De tous nos maux divers rassembler la tempête.
Pour ce hardi projet tout étoit préparé:
Trésors, Soldats, vaisseaux, tout m'eût été livré;
Et Pizarre appuyé du nom de mon beau-pere,
Eût nommé piété sa rage sanguinaire.
Mais il falloit manquer à ces principes saints,
Censeurs secrets des Rois, protecteurs des humains,
Qu'on respecteroit plus, si par ses droits suprêmes
La Loi jugeoit les Rois comme ils jugent eux-mêmes.
J'ai rejetté bien loin l'offre de ses bienfaits:
Trop de honte eût payé nos criminels succès.
Pour prix de mes refus j'ai langui dans les chaînes;
Un poison dévorant circule dans mes veines.
C'est lui qui m'en offrit le breuvage odieux.

à Pizarre.

Me démens-tu? Ton crime est écrit dans tes yeux;

La vérité t'accable, & la mort est trop lente.
Charle, tu vois quelle est ta honte avilissante.
Je t'ai sauvé le jour, je te rends mes Etats;
Et tes plus grands bienfaits ne font que des ingrats.
Rougis de tant d'horreurs, & connois toi, barbare.
Charle-Quint pour ami méritoit un Pizarre.

PIZARRE *avec beaucoup de fierté.*

Je me flatte, Seigneur, d'être aimé de mon Roi:
Mes services passés parlent assez pour moi.
Un Guerrier dont la gloire assurent la défense,
Quand il est offensé répond par son silence;
Et quand on est, Seigneur, au dessus du soupçon,
A de vaines clameurs on oppose son nom.
Un ennemi mourant veut encore être à craindre;
Mais on méprise un trait qui ne peut nous atteindre;
Et je pense, Seigneur, pouvoir vous supplier
De ne point m'abaisser à me justifier.

CHARLES-QUINT.

Sois tranquille: je sais tout ce que j'en dois croire:

Mais on unit ſouvent & le crime & la gloire.
Pourquoi contre ſes jours te ſervir du poiſon?
Tant de célérité produit plus d'un ſoupçon.

AZOR.

Vas : crois m'en; de la mort je reſſens les approches;
Qui vécut innocent, veut mourir ſans reproches.
Mais de quelles douleurs je me ſens pénétré!
De vautours renaiſſans mon ſein eſt déchiré.
Je ne me connois plus. Des flammes dévorantes
Confondent leurs braſiers dans mes veines ardentes.
Je ſouffre, je ſuccombe ... ô terre entr'ouvre-toi :
Dieux, lancez par pitié tous vos foudres ſur moi;
Ou livrez-moi du moins le perfide Pizarre.

Il ſe releve.

Mais ne le vois-je point? .... C'eſt lui! tu fuis, barbare!
Attends-moi .... Quel friſſon engourdit tous mes ſens!

Je n'y vois plus .... ma voix se perd en cris percans.
Mes tourmens sont affreux, la douleur me déchire.
Adieu : reçois mon ame, ô ma chere Zulmire,
Je meurs.

SCENE IV.

ZULMIRE, CHARLES-QUINT, PIZARRE, AZOR, SOLDATS.

ZULMIRE.

Tyran, je viens tomber à tes genoux.
Un dernier crime a-t-il signalé ton courroux ?
Rends-le-moi. Qu'as-tu fait de l'amant que j'adore ?
Ciel ! que vois-je ? C'est lui ! ... Je le revois encore !

(*Elle court à lui*) *Elle fait un pas en arriere.*

Azor ..... Mon sang se glace .... il n'entend plus ma voix.

En serrant une des mains d'Azor dans les siennes.

Ouvre les yeux du moins pour la derniere fois.

Avec des sanglots.

Ton cœur palpite encor ..... Arrête, ame trop chere,

Reçois mes derniers vœux à ton heure derniere,

Elle va vers Charle-Quint.

Arrête : je te suis ..... Quel breuvage mortel ? .....

avec fureur. *à Pizarre.*

Quel monstre forcené ? ..... S'il meurt, c'est toi cruel,

Oui, Pizarre, c'est toi, dont l'affreuse prudence

Punit par cette mort ta foible confidence.

elle retourne vers le corps d'Azor.

Dieux ! à tant de vertus réservez-vous ce prix !

En se mettant à genoux, & se penchant sur le cadavre.

Que de maux en un jour, de crimes réunis !

Bien tendrement.

Sans doute, en expirant, tu nommois ton amante,

Son nom rendoit sa force à ta voix défaillante :

Combien tu regrettois qu'un barbare destin

L'empêchât de pouvoir te presser sur son sein.

De toutes les horreurs d'une mort si cruelle,
La plus terrible hélas ! fut de mourir loin d'elle.

CHARLES-QUINT.

Trop lâche spectateur, quel foible mouvement
Me subjugue & commande à mon ressentiment !
Qui peut donc m'arrêter ?

ZULMIRE.

Ce pouvoir respectable
Qui rend à ses tyrans la vertu redoutable ;
Pouvoir que tous les cœurs lâches, cruels, ingrats
Éprouvent chaque jour, & ne comprennent pas.

CHARLES-QUINT.

Que vois-je ? dans vos yeux le bonheur se déploye :
Croyez-vous m'insulter par ces marques de joie ?
Assez par ses transports votre injuste fierté
A demandé ma haine, a bravé ma bonté.
Ma gloire est compromise ; au Temple il faut me suivre ;
Il faut qu'enfin pour moi vous commenciez à vivre.
Venez.

ZULMIRE.

Quelle fureur !

CHARLES-QUINT.

Marchons.

ZULMIRE.

N'approche pas.

CHARLES-QUINT.

Vous m'osez résister ! conduisez-la, Soldats.

ZULMIRE.

Respecte au moins mon sexe, & tremble, si tu m'aimes ;
Il est de prompts secours pour les dangers extrêmes.

Elle tire un poignard, & le tire contre son sein.

Regarde ce poignard ..... Au moindre mouvement,
Tu me verras finir ma vie & mon tourment.
Penses-tu que mon ame eût été si tranquille,
Si la mort contre toi n'eût été mon asyle ?
Que ton amour encore ajoute à ta fureur,
Ce fer est dans mes mains, ton maître & mon vengeur.

Elle se frappe, & tombe auprès d'Azor.

CHARLES-QUINT *à Pizarre.*

Quel coup affreux ! Cruel, regarde ton ouvrage :
Voilà ce qu'ont produit tes conseils & ta rage.

PIZARRE.

Je n'ai jamais agi sans vôtre aveu, Seigneur.

CHARLES-QUINT.

Reconnois cette Lettre : elle est ton délateur.
Dom Juan avec toi n'étoit d'intelligence,
Que pour mieux te livrer à ma juste vengeance.
Ce témoin te confond : ton projet inhumain
Dans ce coupable écrit est tracé de ta main.
C'étoit pour me trahir & pour mieux te défendre,
Que ta sourde fureur vouloit Azor pour gendre.
Tombe, ingrat, du haut rang où je t'avois placé ;
Tes forfaits sont connus, ton triomphe est passé.
Qu'on le charge de fers, Soldats : & que sa vie
Soit par un prompt trépas livrée à l'infamie.

PIZARRE.

Vas ; j'avois tout prévu, tu rampois près de moi :
Tu devois m'en punir ..... J'étois trop grand
pour toi.

On l'emmene.

SCENE

SCENE DERNIERE.

CHARLES-QUINT, AZOR, ZULMIRE, SOLDATS.

Zulmire est toujours sur les degrés du Temple, renversée près d'Azor & paroissant lutter contre la mort. Elle fait effort pour se relever, & dit d'une voix mourante.

ZULMIRE.

O Momens précieux ! ma vengeance commence :
Nos Tyrans contre eux-mêmes ont tourné leur puissance.
Avant que de mourir, j'ai vu charger de fers
L'impitoyable auteur de nos malheurs divers.
Je vole, cher Azor, dans la nuit éternelle,
T'apprendre en t'embrassant cette heureuse nouvelle :
Ce récit consolant calmera nos douleurs ; .....
Viens au devant de moi, chere ombre ... Je me meurs.

CHARLES-QUINT.

Elle expire ! ... Ah grand Dieu ! si l'amour m'est funeste,
Ma haine au moins triomphe, & tout le fruit m'en reste.

FIN.

www.ingramcontent.com/pod-product-compliance
Ingram Content Group UK Ltd.
Pitfield, Milton Keynes, MK11 3LW, UK
UKHW012224240726
13966UKWH00003B/940